過好這一生

蔡瀾 著

高寶書版集團

第一章　活得有趣，活得自在

第二章　吃好，喝好，活好

目錄

第一章

活得有趣，活得自在

古人四十件樂事

古人有四十件樂事：一、高臥。二、靜坐。三、嘗酒。四、試茶。五、閱書。六、臨帖。七、對畫。八、誦經。九、詠歌。十、鼓琴。十一、焚香。十二、蒔花。十三、候月。十四、聽雨。十五、望雲。十六、瞻星。十七、負暄。十八、賞雪。十九、看鳥。二十、觀魚。二十一、漱泉。二十二、濯足。二十三、倚竹。二十四、撫松。二十五、遠眺。二十六、俯瞰。二十七、散步。二十八、蕩舟。二十九、遊山。三十、玩水。三十一、訪古。三十二、尋幽。三十三、消寒。三十四、避暑。三十五、隨緣。三十六、忘愁。三十七、慰親。三十八、習業。三十九、為善。四十、布施。

從前大部分樂事都不要錢的，當今當然沒那麼便宜，談的只是一個觀念。

高臥，睡個大覺，不管古今，大家都喜歡，可是很多都市人睡得不好，只有吞安眠藥去。靜坐，都市人談不上，我們勞心勞力，坐不定的。嘗酒可真的是樂事，現在已可以品嘗各種西洋紅白酒，較古人幸福得多。試茶，人人可為，不過茶的價錢被今人炒得不像話，什麼假普洱也要賣到幾千幾萬，拍起賣來甚至到成百萬元，實在並非什麼雅事。閱讀的樂趣最大，不過大家已對文字失去興趣，寧願看圖像，連最新消息也要變成什麼動新聞，看得十分痛心。

臨帖更是不會去做。對畫？對的只是漫畫。誦經只求報答，求神拜佛，皆有所求。《心經》還是好的，念起來不難，得個心安理得，是值得做的一件事。詠歌？當今已變成去唱卡拉OK了。真正喜歡音樂的人到底不多，鼓琴更沒什麼人會去玩了。

焚香變成了點煙燻，化學味道一陣陣。檀香和沉香等已是天價，並非人人燒得起。最難的應該是蒔花了。「蒔花」這兩個字指的是栽花種花，整理園藝，栽培花的品種，當今只是情人節到花店買一束送送，並非古人的「蒔花弄草臥雲居，漱泉枕石閒終日」了。候月？今人不會那麼笨，有時連頭也不抬，月圓月缺，關吾何事？聽雨嗎？雨有什麼好聽的？今人怎會欣賞宋代蔣捷的「少年聽雨歌樓上，紅燭昏羅帳。壯年聽雨客舟中，江闊雲低，斷雁叫西風。而今聽雨僧廬下，鬢已星星也。悲歡離合總無情，一任階前，點滴到天明」？望雲來幹什麼？要看天氣嗎？打開電視機好了。

瞻星？夜晚已被霓虹燈汙染，怎麼看也看不到一顆。有空旅行去吧，在沙漠的天空，你才會發現，啊，怎有那麼多。「負暄」這兩個字有兩種解釋，一是向君王敬獻忠心。很多人以為這兩個字只有這個意思，不知道它還有第二個解釋，即在冬天受日光曝晒取暖，這才是真正的樂事。賞雪嗎？今天較幸福，一下子飛到北海道去。看鳥去是不敢了，有禽流感呀。觀魚較多人做，養魚改改風水，擋擋災。不然養數百數千數萬的錦鯉，發財嘍。

漱泉嗎？水被汙染得那麼厲害，怎麼漱？就算有乾淨的泉水，也被商人裝成礦泉水去賣，剩下的才用於第二十二條的濯足。倚竹？當今只有在植物公園裡才看到竹，普通人家哪有花園來種。撫松也是，只能在辛棄疾的詞中聯想：「昨夜松邊醉倒，問松我醉何如？只疑鬆動要來扶，以手推松曰：『去！』」遠眺，香港的夜景，還是可觀的。

俯瞰，從飛機的窗口看看香港的高樓大廈吧。散步還是一項便宜的運動，慢跑就不必來煩我了。今人怎有地方蕩舟？有點錢的乘遊輪看世界，沒有的只好來往天星碼頭。早上學周潤發爬山的好事，至於玩水，在香港的公眾浴池，有些人會在中間小解的。

訪古最好去埃及看金字塔，尋幽就要到約旦的佩特拉看紅色的古城。當今人真幸運，旅行又方便又便宜，天熱可往泰國消暑，又有按摩享受；天寒可到韓國滑雪，又有美味的醬油螃蟹可食。第三十五的隨緣已涉及哲學和宗教了，大家都知道，但大家都做不了。

第三十六的忘愁也是一樣。第三十七的慰親趕緊去做吧，要不然有一天會後悔的。第三十八的習業是把基本功打好，經過這段困苦而單調的學習過程，一定懂得什麼叫謙虛。最後的兩件事——為善和布施，盡量去做，如果不是富翁，在飛機上把零錢捐給聯合國兒童基金會吧。

別綁死自己

又是新的一年，大家都在制訂今年的願望，我從不跟著別人做這等事，願望隨時立，隨時遵行便是。

今年的，應該是盡量別綁死自己。

常有交易對手相約見面，一說就是幾個月後，我一聽全身發毛，一答應，那就表示這段時間完全被人綁住，不能動彈。那是多麼痛苦的一件事。

可以改期呀，有人說，但是我不喜歡這麼做，答應過就必得遵守，不然不答應。改期是噩夢，改過一次，以後一定一改再改，變成一個不遵守諾言的人。

那麼怎麼辦才好？最好就是不約了，想見對方，臨時決定好了。喂，明晚有空吃飯嗎？不行？那麼再約，總之不要被時間束縛，不要被約會釘死。

人家有事忙，可不與你玩這等遊戲，許多人都想事前約好再來，尤其是日本人，一約都是早幾個月。

「請問你六月一日在香港嗎？是否可以一見？」

對方問得輕鬆，我一想，那是半年後呀，我怎麼知道這六個月之間會發生什麼事？心裡這麼想，但總是客氣地回答：「可不可以等時間近一點再說呢？」

但這也不妥，你沒事，別人有，不事前安排不行呀！我這種回答，對方聽了一定不滿意的，所以只有改一個方式了。

「哎呀！六月份嗎？已經答應人家了，讓我努力一下，看看改不改得了期。」

這麼一說，對方就覺得你很夠朋友，再問道：「那麼什麼時候才知道呢？」

「五月份行不行？」

「好吧，五月再問你。」對方給了我喘氣的空間。

說到這裡，你一定會認為我這人怎麼那麼奸詐，那麼虛偽。但這是迫不得已的，我不想被綁。如果在那段時間內，我有更值得做的事，我真的不想赴約。

「你有什麼了不起？別人要預定一個時間見面，六個月前通知你，難道還不夠嗎？」對方罵道，「你真的是那麼忙嗎？香港人都是那麼忙呀？」

對的，香港人真的忙，他們忙著把時間儲蓄起來，留給他們的朋友。真正想見的人，隨時通知，我都在的，我都不忙的。但是一些無聊的、可有可無的約會，到了我這個階段，我是不肯綁死我自己的。

當今，我只想有多一點時間學習，多一點時間充實自己，吸收所有新科技，練習之前沒有時間練習的草書和繪畫。依著古人的足跡，把日子過得舒閒一點。

我還要留時間去旅行呢。去哪裡？大多數想去的不是已經去過了嗎？不，不，世界之大，去不完的。但是當今最想去的，是從前住過的一些城市，見見昔時的友人，回味一些當年吃過的菜。

沒去過的，像爬喜馬拉雅山，像到北極探險，等等，這些機會我已經在年輕時錯過，當今也只好認了，不想去了。所有沒有好吃東西的地方，也都不想去了。

後悔嗎？後悔又有什麼用？非洲那麼多的國家，剛果、安哥拉、納米比亞、莫三比克、索馬利亞、烏干達、盧安達、甘比亞、奈及利亞、喀麥隆，等等等等，數之不清，不去不後悔嗎？已經沒有時間後悔了。放棄了，算了。

好友俞志剛問道：「你的新年大計，是否會考慮開『蔡瀾零食精品連鎖店』？你有現成的合作夥伴和朝氣勃勃的團隊，真的值得一試……」

是的，要做的事真的太多了。我現在處於被動狀態，別人有了興趣，問我幹不幹，我才會去計畫一番，不然我不會主動地去找事來把自己忙死。

做生意，賺多一點錢是好玩的，但是，一不小心就會被玩，一被玩，就不好玩了。

我回答志剛兄道：「有很多大計，首先要做的，是不把自己綁死的事。如果決定下一步棋，也要輕鬆地去做，不要太花腦筋地去做。一答應就全心投入，就會盡力，像目前做的點心店和越南粉店，都是百分之百投入的。」

志剛兄回信：「說得好，應該是這種態度。但世上有不少人，不論窮富，一定要把自己綁死為止。」

不綁死自己，並不是一件容易的事，我花光了畢生的經歷，從年輕到現在，往這方向去走，中間遇到不少人生的導師。

像那個義大利司機，他向我說：「現在煩惱幹什麼，明天的事，明天再去煩吧！」

還有在海邊釣小魚的老嬉皮，我向他說：「老頭，那邊魚大，為什麼在這邊釣？」他回答道：「先生，我釣的是早餐。」

更有我的父親，他向我說：「對老人家孝順，對年輕人愛護，守時間，守諾言，重友情。」

這些都是改變我思想極大的教導，學到了，才知道什麼叫放鬆，什麼叫不要綁死自己。

「任性」這兩個字

從小就任性，就是不聽話。家中掛著一幅劉海粟的〈六牛圖〉，兩隻大牛帶著四隻小的。爸爸向我說：「那兩隻老牛是我和你們的媽媽，帶著的四隻小的之中，那隻看不到頭，只見屁股的，就是你了。」

現在想起，家父語氣中帶著擔憂，心中約略想著，這孩子那麼不合群，以後的命運不知何去何從。

感謝老天爺，我一生得到周圍的人照顧，活至今，垂垂老矣，也無風無浪。這應該是拜賜於雙親，他們一直對別人好，得到好報。

喜歡電影，有一部叫《亂世忠魂》（From Here to Eternity），男女主角在海灘上接吻的戲早已忘記，記得的是配角不聽命令被關進牢裡，被滿臉橫肉的獄長提起警棍打的戲。如果我被抓去當兵，又不聽話，那麼一定會被這種人打死。好在到了當兵的年紀，邵逸夫先生的哥哥邵仁枚先生託政府的關係把我保了出來，不然一定沒命。

讀了多間學校，也從不聽話，好在我母親是校長，和每一間學校的校長都熟悉，才一間換一間地讀下去，但始終也沒畢業。

任性也不是完全沒有理由，只是不服。不服的是為什麼數學不及格就不能升班。我就是偏偏不喜歡這一門東西，學幾何代數來幹什麼？那時候我已知道有一天一定能發明一個工具，一算就能算出，後來果然有了計算尺，也證實我沒錯。

我的文科樣樣有優秀的成績，英文更是一流，但也阻止了升班。不喜歡數學還有一個理由，教數學的是一個肥胖的八婆（指愛管閒事的女子），面孔討厭，語言枯燥，這種人怎麼當得了老師？

討厭了數學，相關的理科也都完全不喜歡。生物學課中，老師把一隻青蛙活生生地剖了，用圖畫釘把皮拉開，我也極不以為然，翹課去看電影。但要交的作業中，老師命令學生把變形蟲細胞繪成畫，就沒有一個同學比得上我，我的作品精緻仔細，又有立體感，可以拿去掛在壁上。

教解剖學的老師又是一個肥胖的八婆，她諸多留難我們，又留堂，又罰站，又打藤，已到不能容忍的地步，是時候反抗了。

我帶導幾個調皮搗蛋的同學，把一隻要製成標本的死狗的肚皮剖開，再到食堂去炒了一碟意粉（義大利麵），下大量的番茄醬，弄到鮮紅，用塑膠袋裝起來，塞入狗的肚中。

上課時，我們將狗搬到教室，等那八婆來到，忽然衝上前，掰開肚皮，雙手插入塑膠袋，取出意粉，在老師面前大吞特吞。那八婆嚇得差點昏倒，尖叫著跑去拉校長來看，那時我們已把意粉弄得乾乾淨淨，一點痕跡也沒有。

校長找不到證據，我們又瞪大了眼做無辜表情（有點可愛），他更礙著和我家母的友情，就把我放了。之後那八婆有沒有神經衰弱，倒是不必理會。

任性的性格影響了我一生，喜歡的事可以令我不休不眠去做。接觸書法時，我的宣紙是一刀刀地買，我也一刀刀地練。所謂一刀，就是一百張宣紙。來收垃圾的人，有的也欣賞我的字，就拿去燙平收藏起來。

任性地創作，也任性地喝酒，年輕嘛，喝多少都不醉。我的酒是一箱箱地買，一箱二十四瓶。我的日本清酒，一瓶一點八升，我一瓶瓶地灌。來收瓶子的工人不停地問：「你是不是每晚開派對？」

任性，就是不聽話；任性，就是不合群；任性，就是跳出框框去思考。

我到現在還在任性地活。最近開的越南河粉店開始賣和牛，一般的店因為和牛價貴，只放三四片，我不管，吩咐店裡的人，一於（乾脆這樣，就這樣決定）把和牛鋪滿湯麵。顧客一看到，「哇」的一聲叫出來。我求的也就是這「哇」的一聲，結果雖價貴，也有很多客人點了。

任性讓我把我賣的蛋捲下了蔥，下了蒜。為什麼傳統的甜蛋捲不能有鹹的呢？這麼多人喜歡吃蔥，喜歡吃蒜，為什麼不能大量地加呢？結果我的商品之中，蔥蒜味的又甜又鹹的蛋捲賣得最好。

一向喜歡吃的蔥油餅，店裡賣的，蔥一定很少。這麼便宜的食材，為什麼要節省呢？客人愛吃什麼，就應該給他們吃個過癮。如果我開一家蔥油餅專賣店，一定會下大量的蔥，包得胖胖的，像個嬰兒。

最近常與年輕人對話，我是叫他們跳出框框去想事情，別按照常規來。遵守常規是一生最悶的事，做多了，連人也沉悶起來。

任性而活，是人生最過癮的事，不過千萬要記住，別老是想而不去做。做了，才對得起「任性」這兩個字。

孤僻

年紀越大，孤僻越嚴重，所以有「grumpy old man」（愛發牢騷的老人）這句話。最近盡量不和陌生人吃飯了，要應酬他們，多累！也不知道邀請我吃飯的人的口味，叫的不一定是我喜歡的菜，何必去遷就他們呢？

餐廳吃來吃去，就那麼幾家信得過的，不要聽別人說「這家已經不行了」，自己喜歡就是，行不行我自己會決定。我很想說：「那麼你找一家比他們更好的給我！」但一想，這話也多餘，就忍住了。

盡量不去試新的食肆。像前一些時候被好友叫去吃一餐淮揚菜，上桌的是一盤燻蛋。本來這也是倪匡兄和我都愛吃的東西，豈知餐廳要賣貴一點，在蛋黃上加了幾顆莫名其妙的魚子醬，倪匡兄大叫：「那麼腥氣，怎吃得了！」我則不出聲了，氣得。

當今食肆，不管是中餐西餐，一要賣高價，就只懂得出這三招——魚子醬、鵝肝醬和松露醬，好像把這三樣東西拿走，廚子就不會做菜了。

食材本身無罪，魚子醬醃得不夠鹹，會壞掉；醃得太淡，又會腐爛；剛剛好的，天下也只剩下三、四個伊朗人能做出。如果產自其他地方，一定鹹得剩下腥味。唉，不吃也罷。

鵝肝醬真的也只剩下法國佩里戈爾（Périgord）的，只占世界產量的百分之五，其他百分之九十五都來自匈牙利和其他地區。劣品吃出一種死屍味道來，免了，免了。

說到松茸，那更非日本的不可，只切一小片放進土瓶燒中，已滿屋都是香味。用韓國的次貨，香味減少。再來就是其他的次次次貨，整根松茸扔進湯中，也沒味道。

現在算來，用松茸次貨已有良知，當今用的只是松露醬，義大利大量生產，一瓶也要賣幾百港幣，覺得太貴。用莫名其妙的吧，只要一半價錢，放那麼一點點在各種菜上，又能扮高級，看到了簡直倒胃口。目前倒胃口東西太多，包括了人。

西餐其實我也不反對，尤其是好的，不過近來逐漸生厭。為了那麼一餐，等了又等，一味用麵包來填肚，再高級的法國菜，見了也害怕。

只能吃的，是歐洲鄉下人做的，簡簡單單來一鍋濃湯，或煮一鍋燉菜或肉，配上麵包，也就夠了。從前為了追求名廚而老遠跑去等待的日子已過矣，何況是模仿的呢。假西餐只學到在碟上畫畫，或來一首詩，就是什麼高級、精緻料理。上桌之前，又來一碟鮭魚刺身，倒胃口，倒胃口！

假西餐先由一名侍者講解一番，再由經理講講，最後由大廚出面講解，煩死人。講解完畢，最後下點鹽。雙指抓起一把，屈了臂，做天鵝頸項狀，扭轉一個彎，撒幾粒鹽下去，看了不只是倒胃口，簡直會嘔吐出來。

我認為天然才好的料理也好不到哪裡去，最討厭北歐那種假天然菜，沒有了那根小鉗子就做不出。已經不必去批評分子料理了，開發者知道自己已技窮，玩不出什麼新花樣，自生自滅了。我並不反對去吃，但是試一次已夠，而且是自己不花錢的。

做人越來越古怪，最討厭人家來摸我，握手更是免談。「你是一個公眾人物，公眾人物就得應付人家來騷擾你！」是不是公眾人物，別人說的，我自己並不認為自己是，所以不必去守這些規矩。

出門時已經一定要有一兩位同事跟著了，凡是遇到人家要來合照的，我也並不拒絕，只是不能擁抱。又非老友，又不是美女，擁抱來幹什麼？最討厭人家身上有股異味，抱了久久不散，令我渾身不舒服，再洗多少次澡也還是會留住。

這點助理已很會處理，凡是有人要求合照，代我向對方說：「對不起，請不要和蔡先生有身體接觸。」

自認有點修養，從年輕到現在，很少說別人的壞話。有些同行的行為實在令人討厭，本來可以揭他們的瘡疤來置他們於死地，但也都忍了，遵守著香港人做人的規則，那就是：「活，也要讓人活！」英語是：「Live and let live !」

在石屎森林（高樓大廈）中活久了，自有防禦和復仇的方法，不施展，也覺得不值得施展而已。

準時癖

守諾言、守時，是父親從小教我的道理。前者很難做到，但我一生盡量守著。後者還不容易嗎？先要有一個走時準確的鐘錶。

鐘錶真靠不住，習慣才是最準的。小時候看過一部叫《藍天使》（The Blue Angel）的電影，老教授每天準時上班，廣場中的人士將他到達的時間與鐘樓的時間對比，不差一分一秒。一天，時間到了，為什麼還看不到老教授？等到他出現時，大家才知道廣場上的鐘樓時間快了，大家又拿出懷錶來校準。

我一直想當那老教授，也一直在尋求一個完美的鐘錶。當年已有不必上鏈條的自動錶，我要去留學了，父親買了一隻送我，是「積家」牌（Jaeger-Lecoultre）的，還有鬧鐘功能。

這隻手錶陪伴了我多年，帶來不少回憶，像亦舒的讚美，我喝醉了把錶扔入壺中做雞尾酒，等等，都在以前的文章中寫過，不贅述了。

遺失後一直想要買回一隻，近來在廣告上才看到該公司已復古生產。當懷舊品，錶名叫「Polaris」（北宸）。我得知後一直想再去買一隻，想呀想呀，終於忍不住，月前買了一隻。

戴在手上，才知道那鬧鐘聲並不像我記憶中的那麼響，幾乎聽不見，也忍了。這幾天才發現它忽然停了下來，秒針雖然還在走，但發神經，一下快一下慢。

記得我最後一次用機械錶是看中了電管發光功能，在黑暗中可以照亮身邊人的面孔，實在喜歡得要死。但這種錶走不準，拿去給師傅修理，他回答說：「蔡先生，機械錶都是這樣的，不管多名貴，一日總要慢個幾秒，加起來，慢個十分八分，不算什麼事。」

天呀！我這個慢一分鐘都不能忍受的人，怎麼可以不當一回事？友人和我吃飯，遲了五分鐘不見我，馬上打電話來提醒我有約會，因為他們知道我從不遲到。

還是戴回電動錶去，最準、最可靠了。

「星辰」石英錶準得不得了，後來更進一步，有了電波錶，在世界上建幾個發出電波的鐵塔，每天接收電波校正時刻。而且還是光動能的，只要在有光的地方，不管是陽光或燈光，都能自動上鏈條。

但是在收不到電波的地方又如何？他們又推出了用GPS來對時的手錶。手錶本身就是一個迷你收發站，全自動調節時刻，就像iPhone一樣，在世界上任何角落都能顯示最準的時刻。

「那麼你為什麼不乾脆買一隻Apple Watch呢？連心跳也能計算出來。」友人說。

當然也買了，但就是不能忍受它的醜。賈伯斯說他所有的產品都很性感，但怎麼看，Apple Watch都不可能有任何性感跡象，免了。

還是從櫃子裡拿出「星辰」的那隻舊錶來戴。好傢伙，它一見光，即刻時針秒針團團轉，一下子對準了時刻，可愛到極點。它看樣子一大塊，原來是用鎢做的，輕巧得很。

牆上的掛鐘，本來也用「星辰」的，打開盒子，拿到窗戶附近一對，它自己會對準。缺點是用久了就壞，我家已壞了幾個。

「你常去日本，在那邊買個GPS光能鐘好了！」友人又說。但是在日本買的，在香港用，對不準。日本電器就是有這個毛病，只產來給自己國家的人用。

還是得靠日本的電波鐘，跑去香港的崇光百貨，那裡有賣，是「精工」牌的，大得很，黑白兩色，設計簡單。

我不肯好好看說明書，請店員把它對準，一次過後，它就會自動用電波調節，顯示天下最準的時刻。

電波鐘掛在牆上，以它為標準來對家裡所有的錶，我的準時癖已經不可醫治，非最準不可。當今知道一分一秒也不會錯，才心安理得。

這個「精工」牌的掛鐘並不便宜，要賣到三千多塊港幣一個。現在只在初用階段，要是今後覺得可靠，再貴也要把家裡所有的掛鐘都換成這種產品。

有了天下最準時的鐘錶後，以為天下太平，就開始做起夢來。我的噩夢多數是大家在火車站等我，我還沒有起身，一看錶，只剩下七八分鐘火車就要開了，趕呀趕，最後一分鐘趕到時，火車提早開出。不然就是要交稿，一分又一分，一秒又一秒地過去，怎麼寫也寫不出一個字來。種種種種，都是和不準時有關。

在現實生活中，我約了人，幾乎不會準時到，只會早到，一生之中大概只有兩三次讓人家等。如果你是一個被我等上五分鐘的人，那你今天的運氣不會好。

談眼鏡

看中了一副眼鏡，問價錢，中環的賣港幣四千五，尖沙咀的三千五，友人店裡說兩千五。我想，跑到了旺角，應該是一千五吧？

眼鏡的利潤是驚人的，而且目前的眼鏡已是時尚品，講究名牌，功能已沒那麼重要了。這是全世界的走向，也沒什麼好批評的，願者上鉤罷了。

從前，戴眼鏡會被同行、同學取笑，什麼四眼仔之類的名稱，都是發明出來罵人的。那時候大家眼睛好，不像當今小孩眼睛都有毛病，你到班上一看，不戴眼鏡那個才出奇。既然戴眼鏡的人多了，就有生意做，商人當然想出眼鏡當時尚品的廣告來。

有人做過街頭訪問，發現沒有人會只擁有一副眼鏡。多副幹什麼？襯衣服呀！

他們瞪大了眼睛，笑你是鄉下人。

算起來，我也有上百副眼鏡，放在家中一個角落裡，隨時找，隨時有。這是從倪匡兄那裡學來的。他住舊金山時，家人回香港，吩咐一做就是十副八副，因為在外國，眼鏡要醫生證明才可以買到。

香港人才不理你，以前的驗光師有執照的少，在眼鏡店當幾年學徒就可以幫客人驗光了。

不戴眼鏡不知道，仔細一看，那麼一副東西，竟有十幾個小小的零件，螺絲就有不少。便宜的鏡片時常脫落，是件煩事，頂住鼻子的那兩粒膠片也不穩固，我一買就是一袋，掉了自己換上。

人生已夠沉重，我買眼鏡，第一個條件就是非輕不可。曾經找到一副世上最厲害的，比乒乓球還要輕，可以浮於水上。奈何這種眼鏡一下子就壞，用了幾個月就得換另一副。

如果要輕，那麼玻璃鏡片一定派不上用途，得改選塑膠。塑膠片有一毛病，就是容易磨花，尤其是像我這種把眼鏡亂丟的人，鏡片一花，又要去眼鏡店換了。

另一個最大的麻煩，是鏡片容易沾上指紋、油脂等。一髒了就非擦個乾乾淨淨不可。有種種方法應付，第一是眼鏡布，最新科技做出來的，但總不好用，還是用眼鏡紙，有些是帶著肥皂的，有些是酒精的。每次擦完眼鏡，便擦手機和 iPad。另有一種方法是放進超聲波清洗機，像眼鏡店的，發現還是不好用。其他的有一整罐的手壓噴水式清洗液。總之看到什麼擦眼鏡的新發明，一定要買，家裡至少有幾十種。

每一家時裝名牌都會出眼鏡，最初是太陽眼鏡，當今連近視、遠視的眼鏡也有。是義大利或法國做的嗎？不一定，仔細一看，設計是他們，但日本產的居多。

在日本福井縣，有一個叫「鯖江」的地區，專門做眼鏡框，全村的人，約七個之中就有一個從事眼鏡業。你專門做螺絲，你專門做夾鼻子的鉤，你專門做鏡柄，等等，分工分得極細，把所有部件組合起來，才成為一副眼鏡。

這是有歷史背景的。在十九世紀末，鯖江就做眼鏡，因為當地的地形，一下雪就把整個村子封住，村民出不了門，就在家裡打金絲，組成眼鏡框，一直發展至今。日本約百分之九十五的眼鏡都在鯖江做，當今不只做給本國人，外國來的訂單已逐漸多了起來，世界名牌都來找他們。

令鯖江在世界聞名的，還有另一項發明，那就是他們第一個用鈦來做眼鏡框。鈦是一種既輕又牢固的金屬，但極不容易造型，鯖江人有耐性，一條眼鏡柄要敲打五百下才能造成，就打它五百下，終於做出優質的眼鏡來。

最近，鯖江人又發明了另一項產品，叫「紙眼鏡」（Paperglasses），折疊起來，像紙一樣薄，我即刻買了一副，但一下子就壞。我把它放在我旅行時必帶的稿紙袋中，當成備用，平常戴的那副一出毛病，即可拿出來，放心得很。

我一直喜歡圓形的鏡框，但被可恨的哈利．波特搶了風頭，他那麼一戴，天下人都用上那副圓形的東西，老土變成了流行。我看我要把那些溥儀式的框子藏起來，等到大眾不跟風了再拿出來。

玳瑁殼的鏡框也買過，並沒有想像中那麼好看，而且又笨重，已當成收藏的一部分。當今名設計家的作品，也一味是怪，從來不從人性考慮，重得要死。

雖然並不跟隨潮流，也不重視名牌，但名牌之中也有些品質極佳的。詩樂（Silhouette）不錯，但說到又輕又實用又牢固，還是要算丹麥的林德伯格（Lindberg）。

太陽眼鏡的話，名牌雷朋（Ray-Ban）有一定的位置，當然當今也被當是老土，如果你有一副，好好收藏吧，終有一天重見天日。

要你命的老朋友

說完酒後談菸。我們一家人，除了姐姐之外，都抽菸。哥哥吸了一陣子之後戒掉，他也是全家最早走的；父母都吸到七老八老，我和弟弟兩人也一直抽到現在。支氣管毛病是一定有的，大家都說早點改掉這個壞習慣，但說歸說，至今還在吞雲吐霧。

我吸的第一口菸是偷媽媽的，她抽得很凶，是美國大兵喜歡的土耳其系菸草「好彩」（Lucky Strike）。我從中學起學習抽菸，從最濃的開始吸，這個教育算是不錯的。爸爸抽得較為文雅，是英國維吉尼亞型的「555」和「蓋瑞特」（Garrett）等。打仗時物資貧乏，也抽「黑貓」和「海盜」。

早年抽菸根本不是什麼壞事，還來得個流行。好萊塢影片中的男女主角你一根我一根，有時男的還一點兩根，一根送給女朋友，一根自己吸。

我抽菸雖說是父母教的，但影響我最深的還是詹姆斯·迪恩（James Dean）。他在《養子不教誰之過》（Rebel Without a Cause）中的形象實在令人嚮往，沒有一個人抽得像他那麼有型有款，不學他抽根本不入流。

接著去日本留學了，半工半讀，當自己是個苦行僧。抽的當然不是什麼昂貴的外國舶來品，什麼最便宜就買什麼。

價廉的是種黃色紙包裝的「Ikoi」，一包四十日元，連玻璃紙也省了。因為我一直吸土耳其系的菸草，這牌子的也摻了一點，抽起來味道較為接近，反而那些貴一點的像「和平」（Peace）和「希望」（Hope），用了英國維吉尼亞菸草，就抽不慣了。

同樣便宜的是「金蝙蝠」（Golden Bat），綠色紙包裝，味道相當難於接受。但這種菸當年抽起來，已經算是懷舊復古了，所以相當流行。

日本人的腦筋是食古不化的，我向賣菸的店先生買兩包，一包是四十日元，他用一個小算盤算，滴答兩聲，說八十日元。隔兩天去買，又是滴答兩聲，八十。

正式出來工作時，薪水高了，可以買貴一點的「喜力」（Hilite），藍底白字的包裝，一包八十日元，當然也有玻璃紙了。但是這種菸的味道始終太淡，後來收入更佳時，便去抽一種橢圓形的壓得扁扁的德國菸，叫做「金色盒子」。它用了百分之百的土耳其菸草，自己抽是香的，別人聞到卻臭得要命。

接著找更臭的。我當年的女朋友崇尚法國，抽一種叫「吉卜賽人」（Gitanes）的菸，盒子上用藍白的圖案畫著一個拿著扇子在跳吉卜賽舞的女郎，味道實在臭。

同樣臭的是法國產的「高盧」（Gauloises），也是藍色包裝，盒子上畫有一個帶雙翼的頭盔。別小看這種菸，在法國抽它還是愛國行為呢，繪畫界的愛好者有畢卡索（Pablo Picasso），文藝界的有沙特（Jean-Paul Sartre），音樂界的有莫里斯·拉威爾（Maurice Ravel）。連披頭四（The Beatles）的約翰·藍儂（John Lennon）也是它的菸迷。抽起它來，在一群法國朋友之間得到尊重，但最後還是受不了，也不理女朋友，抽別的菸去了。

日本的房子，冬天會放一個大瓷罈，中間燒炭取暖。這時看到老人家拿了一管菸斗，菸斗頭上有個小漏斗式的銅頭，中間是竹管，吸嘴也是銅打成的，叫「Kiseru」。我也學著他們抽了起來，但改裝了英國菸草，日本的太劣了，一吸就咳嗽。這種抽法有個缺點，就是菸斗太小，抽一口就要清一次，非常麻煩。

有時也跟著日本人懷舊起來，抽一種叫「朝日」的菸，非常便宜，因為吸嘴占了整支菸的三分之一。吸嘴是空心紙筒，用手指壓扁了當成濾嘴，抽不到兩下就滅了，也只是當玩的，不會上癮。

離開日本後，來到香港，開始抽美國菸「寶馬」（Pall Mall），因為它有加長版，自己又買了一個菸嘴加上去，顯得特別長，配了我高瘦的身材，抽起來好看。但好看不等於好抽，也不是到處都買得到，後來就轉抽了最普通的「萬寶路」（Marlboro）。從特醇的金牌抽起，最終還是回到特濃的紅牌子，萬寶路的廣告和音樂實在深入民心。但說到好不好抽，越大眾化的東西，味道一定越普通了。

其實香菸並不香，而且有點臭，臭味來自菸紙。美國香菸的菸紙是特製的，據說也浸過令人上癮的液體，這有沒有根據，不是我們菸民想深入研究的。

有一點是事實，為了節省成本，有很多香菸根本不全是菸草，三分之一以上是用紙屑染了菸油來代替。不相信，取出一支拆開來，把菸草浸在清水中，便會發現是白紙染的。

終究菸抽多了，一定影響氣管，所以菸民都咳嗽，咳多了就想戒菸，而戒菸的最佳方法是改抽雪茄。我已完全戒掉香菸，現在一聞燃燒菸紙的味道就要避開，實在難聞。

當今抽的是雪茄。大雪茄抽一根要一個小時，沒那麼多空閒，現在改抽小雪茄，大衛杜夫（Davidoff）牌，全部是菸草。因為美國禁運古巴產品，大衛杜夫很聰明地跑去洪都拉斯種菸草，在瑞士或荷蘭製造這種雪茄。五十支裝的雪茄放在一個精美的木盒子之中，看起來和抽起來都優雅得很。

我還是不會禁菸的，菸抽了一輩子，是老朋友了，還是一個要你命的老朋友，可愛得很。

超出常理

黃魚賣到幾千塊錢一尾，這已超出常理，你去吃吧，我絕對不會當傻瓜。一餅來路不明的普洱也要賣到天價，這已超出常理，你去喝吧，我絕對不會當傻瓜。

一頓在日本很容易吃到的懷石料理，要付五六千塊錢，這已超出常理，你去吃吧，我絕對不會當傻瓜。

但是絕對有很多人肯出這個價錢。什麼人呢？暴發戶呀，越貴越好。為什麼引誘不到我？因為我年輕時都試過，有什麼了不起呢？要這個價錢，值得嗎？

我並不是說凡是天價的東西都不能買。一瓶一九八二年的「滴金」（Château d'Yquem），由金黃變為褐色，如果你付得起，就買吧，就喝吧。這是物有所值的，外國的拍賣行不會胡來。

一尾十幾萬到數十萬的忘不了魚值不值錢？只是價錢忘不了，牠的親戚像蘇丹魚、丁加蘭魚、巴丁魚等等，同樣肥美無骨。而且所謂忘不了魚，野生的幾乎絕種，能買到的多數是飼養的，冰凍得像石頭，吃起來一股臭腥味。大家看到了價錢，不好吃也說好吃，證明自己不是傻瓜，何必呢？

鮑參翅肚又如何？早年我們都以合理的價錢吃過兩頭的日本乾鮑，味道好嗎？好！目前天價次貨充斥市場，你去吃吧。

海參做得好的話，還是可以吃的，但有多少廚子能勝任？有些師傅連發海參都不會，吃出一股腥味，不好吃。

花膠最欺人，當今市面上的都是莫名其妙的魚肚，名字也對不上，吃了有益嗎？不見得吧！

昔時的花膠可以當藥用，專治胃疾，但也要懂得去找，多數消費者買到的都不是正貨。

至於魚翅，為了環保，不吃也罷了。

我被請客，上桌一看這幾樣東西就想跑開，連蒸一尾貴海魚我都不想吃，最多撈一點魚汁摻在白飯中扒幾口。

貴的東西如此，便宜的食材也是一樣。一打起風（颱颱風），芥藍菜心貴出幾倍來，值不值得去吃？不漲價的洋蔥也可以吃上幾餐，何必和別人爭呢？

「你都試了，可以說風涼話，我們呢？」小朋友問。

是的，人的欲望是無窮盡的。魚子醬、黑白松露、鰻魚苗、鬼爪螺等等，未到千般恨不消，吃過了才可以說原來如此。

但當今都已賣到天價，誰吃得起？皇親國戚、地產商吃得起。他們眼中的千百萬美元，不過是我們的三五千塊港幣，這些人吃得起，但他們未必懂得吃，捨得吃。

抗衡這些欲望，只有靠「知足」二字。

偶爾犒賞自己是應該的，不然做人做得那麼辛苦幹什麼？窮凶極惡地吃就不必了，也會吃出病來。

人生到了另一個階段，就會還歸純樸。一碗香噴噴的白飯，淋上豬油和上好的豉油，比什麼超出常理的貴食材都好吃得多。

倪匡兄最記得的是初到香港時吃的那碗肥燶（焦、糊）叉燒飯，這倒是可以百食不厭的。好東西並不一定貴，而要看你怎麼花心思去做。順德人做的叉燒，用一支鐵筒穿過半肥瘦的肉，再注入鹹蛋黃，聽到了也流口水。

家裡花時間煮出來的老火湯也讓人喝得感動，當今我還加了新花樣。做西洋菜湯時，先把大量的西洋菜放進煲中煮，再用同等分量的，拿打磨機打碎後放入湯中，味道就特別濃厚了。做白肺湯時，雪白杏仁也是同樣處理。

煎一塊鹹魚，也是天大的享受。當然得買最好的馬友或曹白魚，雖然貴，但那麼鹹的東西你能吃多少？連買小塊鹹魚的錢也不肯花，只有吃麥當勞了。

吃遍天下，是年輕人的夢想，但是世界有多大你知道嗎？讓你活三世也吃不遍。有這種志氣是好的，才有動力去賺錢，不偷不搶，賺夠了你就去吃你沒吃過的東西。你自己付出了努力，是應該讓你品嘗的。

有能力吃是件好事，但要吃得聰明，不是那麼容易。吃東西也要聰明嗎？絕對。不吃超出常理價錢的東西，就是吃得聰明的開始。

讓你吃遍了，最後還是會回歸平淡。平淡的東西，永遠是便宜的、合理的，永遠是最好吃的，永遠不會超出常理。

當小販去吧！

年輕人最大的問題是迷惘，不知前途如何；成年人最大的煩惱，是不願意聽無能的上司指點。

在網路上，很多人問我這些難題，我的答案只有三個字，那便是「麥當勞」了。

說多了，很多人誤會：你特別喜歡麥當勞的食物嗎？你收了他們的廣告費嗎？為什麼老是推薦？

我可以再三地回答：我不特別喜歡或討厭麥當勞，理由很簡單，我沒有吃過。我不喜歡麥當勞，是因為我最討厭弄一個鐵圈，把可憐的雞緊緊捆住，把一種可以千變萬化的食材，改成千篇一律。我討厭的，是將美食消絕的速食文化。

至於廣告，他們有年輕小丑推銷，不必動用到我這個老頭。他們請大明星，更是不成問題。我老是把這三個字推銷給年輕人，是因為他們問我失業怎麼辦。好的，去麥當勞打工呀，一定有職缺，他們很需要人才。人生怎麼會迷惘呢？最差也有一個麥當勞請你。

如果你肯接受麥當勞式的職業訓練，今後工作的態度也會有所改變，就像叫你去當兵一樣，你會知道什麼是規矩和服從。你再也不受父母的保護，你知道怎麼走入社會，這是人生的第一步。

一切都要靠自己的努力，沒有直升機從天而降，去麥當勞打工是基本功。開一家餐廳，有數不清的困難和危機，對人事的處理，有學不盡的知識。做任何事都不容易，這是一個最大的教訓，麥當勞會出錢讓你學習。

擁有自己的餐廳，就像讀書人的理想是開書店一樣。喜歡飲食的人，為什麼要朝九晚五替別人打工，為什麼不可以把時間和生命控制在自己手裡？

當小販去吧！當今是最好的時機。

對的，香港已經沒有小販這回事，政府不許，都要開到店裡去。當地產商橫行霸道時，租金是當小販的最大障礙，可是現在不同了，看這個趨勢，房地產價錢一定下跌，租金也會相對便宜，是當小販的最好時機。

和同事或老友一起出來打世界，一對小夫妻也行，存了一點錢就可以開店了。從小的做起，不必靠工人，不必受職員的氣，同心合力把一件事做好。日本就有這種例子。人家可以，我們為什麼不可以？

最大的好處是自由，想什麼時候營業都行。如果你是一個夜貓子，那就來開深夜食堂吧。要是你能早起，特色早餐一定有市場。

賣什麼都行，盡量找有特色的，市場上沒有的。不然就跟風，人家賣拉麵，你就賣拉麵，但一定要比別人的好吃才行。

我一向認為，做食肆，只要堅守著「平、靚、正」這三個字，絕對死不了人。「平」是便宜，字面上是這意思，但有點抽象，貴與便宜，是看物有所值與否。「靚」當然是東西好，實在，不花巧。「正」是滿足。有了這三個字，大路就打開了，前途無量。

基礎打好，有足夠的經驗、精力及本錢，就可以擴大，就可以第二家、第三家地開下去。但開得越多，風險越大，照顧不到的話，虧本是必定的。

至於賣些什麼，最好是你小時候喜歡吃些什麼，就賣什麼，賣不完自己也可以吃呀！老人家說不熟不做，是有道理的，你如果沒有吃過非洲菜就去賣，必死無疑。

即使吃過，只是喜歡是不夠的，也別做去學三個月就變成專家的夢，好好學習，從頭學起，一步一步走，走得平穩，走得踏實。

香港人最喜歡吸納新事物、新食物，泰國菜、越南菜，甚至韓國菜、日本菜，都可以在香港生存下去，有些還要做得比本來的更美味。

可以發展的空間很大，也不必去學太過刁鑽的，像潮州小食粿汁，就很少人去做。開一檔正宗的，粿片一鍋鍋蒸，一塊塊切出來，再配以滷豬皮、豆卜之類又便宜又美味的小食，只要味道正宗，所有傳媒都會爭著報導。

東南亞小吃更有得做，但為什麼一味簡簡單單，又被大眾接受的叻沙沒有人做得好呢？不肯加正宗的血蚶呀。血蚶難找，有些人說。九龍城的潮州雜貨店就可以買到。

別小看小販，真的會發達的，我就親眼看到過許多成功的例子，由一家小店開始，做到十幾二十間分行。當小販不是羞恥的行業，當今有許多放棄銀行高薪而出來在美食界創業的年輕人。經過刻苦耐勞，等待可以收穫的日子來到，那種滿足感，筆墨難以形容。

好，大家當小販去吧！

貓經

我只是喜歡貓而已。

如果現在能像豐子愷先生那樣，寫稿畫畫時，還有一隻小白騎在肩上欣賞作品，那該有多好！或者，在生活單調時，貓會用身體來蹭蹭你，讓你的枯燥人生捲起一陣漣漪。貓，是把幸福帶給你的動物。

貓喜歡人家摸。若邂逅一隻有靈性的，牠需要愛的時候，會用手輕輕動你幾下，然後往自己的頭上拍去，指示你去摸牠，牠永遠是主人。

有些人喜歡狗，不愛貓。狗聽話，貓不聽話。但我是愛不了狗的，牠總是帶著哀求的眼神望著你，等著你發命令；牠整天想討好你，十足的奴才相。我們身邊這種像狗的人已經夠多，不必再和狗玩了。

「你那麼喜歡貓，為什麼不養一隻？」友人問。

什麼？養一隻，說得輕鬆，你對得起貓嗎？貓不能活在籠子裡面，我們在大都市的公寓，對貓來說，不過是一個大一點的籠子罷了，空間實在太小了。

要養貓的話，房子至少要像我們從前新加坡的老家，有個大花園，有樹有草，貓可以爬上去抓鳥兒，或者躲避惡狗的侵襲。吃錯了東西之後，貓可以在花園中找到草藥來醫治自己。這才對得起貓。

貓是不愛沖涼的，偶爾洗洗可以，每天洗就要牠們的老命。貓愛乾淨，會用舌頭舔潔自己身上的毛；排泄之後，會用泥土來掩埋。這習性已存在於牠們身上數千萬年。牠們大解完畢，還要在士敏土（水泥）的地上拚命做挖泥土狀，我一看到就代牠們悲哀。

更可憐的是，我們小時候養貓，把小魚煮熟了混在飯裡讓牠們吃，現在是吃一包包的貓糧，一粒粒的硬塊，永遠是味道一樣的東西。

摸貓也是一門絕技，要等到牠們自動獻身時，先從背上順毛摸去。但這太普通，貓不感到歡樂，要從背上逐漸轉到胸前，再抓頸項的底部，這是牠們最敏感的部位，一接觸，貓就會瞇起眼睛。這時的貓最可愛，會把人迷死的。

像人一樣，貓也有貓相，美醜區別極大。很多人喜歡的波斯貓，其實是最令人討厭的，首先牠的臉很扁，頭頂上幾條紋，像是永遠皺著眉頭，永遠看不起別人。雖說狗眼看人低，但任何狗都做不出波斯貓那種勢利眼。波斯貓最不可愛。

凡是長毛的，都不容易養育，毛掉得一家都是，怎麼清理也不乾淨。而且這些貓種常患病，命也短。要養的話，養一隻毛是藍顏色的好了，最重要的是選頭大的，大頭貓永遠是比較可愛的。

普通家貓也美，如果能選上一隻像花豹一樣的最好，這種貓也較其他的聰明。說什麼都好，只要能有一隻純種的，已經不易了。因為貓雖然高傲和矜持，但一發情，牠們從不選擇，說幹就幹。這時的貓叫聲可比厲鬼還要哀怨，一叫就是整個晚上。當今住在城市的貓，已逐漸失去這種野性。

不但哀鳴，還要散發出濃烈無比的味道。有一個獸醫的研究，說幾里外的雄貓都能聞到。大家一隻隻前來，母貓也從不推拒，之後一生就是多隻，都已經不是原種了，除非是刻意去配的。

現在想起，我尊敬的老人家島耕二導演，家裡也養了一群貓。他說貓最難看的時候，是眼角結有排泄物時，所以一看到就一隻隻抱在懷裡，用最柔軟的紙巾替貓擦乾淨。如果愛貓，必得向他學習。

遺傳基因令貓看見像排泄物一樣的長條東西就會彈起，不相信，你扔一條黃瓜在牠們面前，牠們一見就會跳起來。還有一聞到主人的臭腳，表情都是一樣，牠們會瞪大眼睛，張開嘴巴，做差點要嘔吐狀，百試百靈。

貓美麗的姿態令人著迷，不管任何時候都是美麗可愛的，有時做媚眼看你，有時蹺起腳扮老人狀，有時握起拳頭不停地打狗，有時伸出長長的爪來，甚至睡覺時也漂亮，而且怎麼叫都叫不醒。

貓還會報恩，你對牠好，牠會獵幾隻老鼠或鳥兒來回禮。但也別以為牠對你死心塌地，牠一看到紙盒，就會從你的懷抱跳出來鑽進去。

真正愛貓的人會接受貓身上的氣味，和牠混為一體。我比貓更愛乾淨，受不了那味道，所以說我不是一個愛貓的人，我只是喜歡貓而已。

貓的觀察者

重讀老舍寫貓的文章，真是描述得絲絲入扣；再看豐子愷畫的貓，更是入神。古今文人墨客愛貓的真是多不勝數。

我也一直想畫貓，不斷地觀察貓的各種形態和表情，真是怎麼看都看不厭，越看越覺得牠們可愛。怕遺忘，本來想用手機拍下，或一看到別人在網路上刊登照片，就記錄下來，以做參考。後來一想，從照片得來的都是二手資料，永遠比不上印在腦海中的傳神，就把那成千上萬的照片一一刪掉。要記錄的話，用一本小冊子描繪好得多。

毫無疑問，貓是主人，我們是臣子，愛貓之人稱貓為「陛下」，學貓發命令，必用「朕」字表達。這些人也自稱「鏟屎官」，我一向對排泄物的名稱生厭，不喜歡這個名字。

倒是很贊成他們叫貓為「喵星人」，是的，我們永遠不了解貓，認為牠們是從另一星球來的。

觀察貓，從小隻的開始。這個階段的貓，什麼種類的都美麗，一大了就不同。有的變成皺了眉頭，看不起所有生物的討厭傢伙；有的生出凶殘的眼神，變成怪物。

小貓向母親學習的姿態總叫人歡笑。牠們學用爪洗臉，一遍又一遍；牠們學著喝水，怎麼喝也喝不到；牠們學翻牆，常不成功，經常跌倒，也令人捧腹。

有些東西是不用學的，長在牠們的遺傳基因裡面。比如牠們極愛乾淨，人類的臭腳是牠們的天敵，一聞到立刻瞪圓眼看你，嘴巴做一個O形，昏倒過去。

或者一嗅到臭味，就要四處抓泥沙來掩蓋。從前有花園的家裡，牠們排泄後一定會做這個動作。當今住在公寓中，實在可憐，鋪磚的地板上一點泥也沒有，一點沙也沒有，但牠們還是繼續抓、繼續埋。

另一種本能是看到排泄物形狀的東西，即刻跳開，不相信你拿一條黃瓜拋給牠們看看。「你那麼愛貓，為什麼不自己養一隻？」友人常問。我必須承認我是一個比貓更愛乾淨的人，小時還不在乎，養了一隻，長大後就受不了貓身上那種味道。愛貓之人還得喜歡貓味，抱著拚命地聞，愛貓之人稱為「吸貓」。這是我受不了的行為，所以我不能算是一個愛貓者。「可以叫家政助理去做這些事呀！」友人又說。

但你怎麼捨得把自己的嬰兒給別人照顧呢？另一個我沒有的條件，是我也住在公寓中，本身已是一個籠子，怎忍心多關牠們一層？還是做一個貓的觀察者好。日本人有一句話，大致是說養貓三年，但是貓三天之內就會把你的恩情忘得一乾二淨。我就不相信，你沒有看到貓不斷地把咬死的老鼠放在主人面前嗎？貓愛睡覺，怎麼叫也叫不醒，所以牠們得被人類收養，不然在野外早就給更凶殘的動物吃得絕種。我在日本鄉下看到一隻極渴睡的貓，把牠翻過來也照樣睡，同事拍了段影片分享出去，得到幾十萬人點擊。貓睡覺，是毫不選擇時間和地點的，牠們一睡起來就像液體，可以躺到任何地方。觀察貓，看牠們睡覺，是一件樂事。

可惜的是一睡就看不到眼睛。貓眼是靈魂，有各種形狀和大小。最美的是桃核般兩頭尖，向上翹的眼睛；圓的也漂亮；最不好看的是上面平，下面圓的，像是永遠悲傷。看貓眼要晚上看，這時瞳孔放大，更是可愛。太陽一出，擠成蛇眼般的線形，就有點恐怖了。

媒體上的影音片段，有貓替主人按摩的，這也是真的嗎？絕對不是，貓不過是把人的背當成一個厚墊來做伸掌的運動罷了。

貓可以訓練的嗎？可以的。俄羅斯馬戲團有貓的表演，但這是極殘酷的鞭打和飢餓訓練出來的成果，絕對不人道，絕對要禁止。要訓練，只能做到教牠們在指定的地方大小解為止。

說到人道，最不人道的是把雄貓給閹了。你沒有看到網路上的影音片段，那一隻隻排著隊，被獸醫取了「蛋蛋」的小貓的表情？都翻了白眼，舌頭長長地伸了出來。那是令貓最絕望的，人類最殘忍的行為。

我也明白若不絕育，貓會氾濫的說法。但是為什麼要閹雄貓，而從來沒有人想到去為雌貓做絕育的方法呢？而且母貓叫起春來是那麼淒慘，那麼擾人。做做好事吧，別割掉公貓的「蛋」，只要讓母的不能生育，公的照做牠們的好事好了，最多會被已經沒有興趣的母貓咬一口。這麼提倡，會不會受婦權人士詛咒？

大業鄭

很多讀書人的夢想，就是開一家書局。香港的租金貴，令書店一間間倒閉，開書店實在不易，開一家專賣藝術書籍的，那就更難了。

我們向馮康侯老師學書法時，常去的一家書店叫「大業」，開業至今已有四十多年，老闆叫張應流，我們都叫他「大業張」。

店開在士丹利街，離陸羽茶室幾步路，飲完茶就上去找書。什麼都有，凡是關於藝術的，繪畫、書法、篆刻、陶瓷、銅器、玉器、傢俱、賞石、漆器、茶道，等等等等，只要你想得到，就能在「大業」找到。全盛時期，還開到香港博物館等地好幾家呢。

喜歡書法的人，一定得讀帖，普通書店中賣的是粗糙的印刷物，翻印又翻印，字跡已模糊，只能看出形狀，一深入研究就不滿足。原作藏於博物館，豈能天天欣賞？後來發現「大業」也進口二玄社的版本，大喜，價雖高，看到心愛的必買。

二玄社出的也是印刷品，但用最新大型攝影機複製，印刷出來與真品一模一樣。這一來，我們能看到書法家的用筆，從哪裡開始，哪裡收尾，哪裡重疊，一筆一畫，看得清清楚楚，又能每日摩挲，大呼過癮。

大業張每天在陸羽茶室三樓六十五號台飲茶，遇到左丁山，從他那裡傳出年事已高，有意易手的消息，聽了不禁唏噓。那麼冷門的藝術書籍，還有人買嗎？還有人肯傳承嗎？一連串問題，知道前程暗淡的，有如聽到老朋友從醫院進進出出。

忽然一片光明，原來「大業」出現的「白馬王子」，是當今寫人物報導坐第一把交椅的才女鄭天儀。

記得蘇美璐來香港開畫展時，公關公司邀請眾多記者採訪，而寫得最好的一篇報導，就是天儀的手筆，各位比較一下就知我沒說錯。如果有興趣，可以上她的Facebook 查看，眾多人物在她的筆下栩栩若生，實在寫得好。

說起緣分，的確是有的，天儀從小愛藝術，這方面的書籍一看即沉迷，時常到香港博物館的「大業」徘徊。難得的藝術書必用玻璃紙封住，天儀一本本去拆來看，常給大業張斥罵，幾乎要把她趕走。後來熟了，反而成為老師小友，大業張有事她也來幫忙，有如書店的經理。

當左丁山的專欄刊出後，天儀才知道老先生有出讓之意，茶聚中問價錢。大業張出的價錢當然不是天儀可以達到的，因為除了書局中擺的，貨倉更有數不盡的存貨，一下全部轉讓，數目不少。

當晚回家後，天儀與先生馬召其商量。馬召其是一位篆刻家，特色在於任何材料都刻，玻璃杯的杯底、玉石、象牙、銅鐵等等，都能入印。從前篆刻界有一位老先生叫唐積聖，任職報館，是一位刻玉和象牙的高手，也是什麼材料都刻。黑手黨找不到字粒時，就把鉛粒交給他，他大「刀」一揮，字粒就刻出來，和鑄的字一模一樣。唐先生逝世後，剩下的專才也只有馬召其了。

先生聽完，當然贊成。天儀也不必在財務上麻煩他，找到一位志同道合的朋友，各出一半，就那麼一二三地把「大業」買了下來。

成交之後，大業張還問天儀：你為什麼不還價的？天儀只知不能向藝術家討價還價，大業張是國學大師陳湛銓的高足，又整天在藝術界浸淫，當然也是個藝術家了，但沒有把可以還價的事告訴她。

「接下來怎麼辦？」我問天儀。

「走一步學一步。」她淡然地說，「開書店的夢想已經達到，而且是那麼特別的一家。缺點是從前天下四處去，寫寫人物，寫寫風景，逍遙自在的日子已是不可多得了。」

那天也在她店裡喝茶的大業張說：「從日本進貨呀，到神保町藝術古籍店走走，也是一半旅遊，一半做生意呀。」

大業張非常熱心地從口袋中拿出一本小冊子，裡面仔細又工整地記錄著各類聯絡方式，他全部告訴了天儀。等他離開後，我問了天儀一些私人事。

「你先生是寧波人，怎麼結上緣的？」

「當年他長居廣州，有一次來港，朋友介紹，對他的印象並不深，後來也在集會上見了幾次。有一回我到北京做採訪，忽然病了，那時和他在社交網路上有來往，他聽到了，說要從廣州來看我，問我住哪裡。我半開玩笑說『沒有固定位址，你可以來天安門廣場相見』。後來我人精神了，到了廣場，看見他已經在那裡站了一天，就……」真像亦舒小說中的情節。

當今要找天儀可以到店裡走走，如果你也是「大業」迷，從前在那裡買的書，現在不想看了，可以拿來賣回給他們。很容易認出天儀，手指上戴著用白玉刻著名字的大戒指，出自先生手筆的，就是她了。今後，書店的老闆將由大業張改為大業鄭了。

耐看

走過那麼多地方，還是覺得香港女人好看、耐看。

通病當然是有的。南方女子個子矮，鼻扁平，身材絕不豐滿，又因為夏季太長，日照時間多，皮膚一般都沒有北方女子那麼潔白。

但香港女人勝在會打扮，衣著的品味也甚高，就算穿的不是名牌，顏色也搭配得極佳。不相信你去中環走一圈，即刻將她們和其他地方的女人分出高低。

外表還在其次，最重要的是自信。香港女人出來工作的比例較其他地方高出許多，女人賺到了錢，不靠男人養，自信心就湧了出來。

有了自信，香港女人相對很少去整形，大街上也看不到鋪天蓋地的整形廣告，沒有韓國那麼厲害。

韓國女子的條件比香港女子好得多，她們腰短腿長，皮膚細嫩，身材豐滿，但她們拚命去整形，是缺乏自信心的問題。

香港女人絕對不會高喊男女平等的口號，因為香港社會本身就不會重男輕女，你看所有高級職位都有女人擔當就知道。

但是有自信了就看男人不起，這也是毛病，諸多挑剔之下就嫁不出去。不過單身就單身，當今是什麼時代了，還說女人非嫁不可？

嫁不出去也可說是緣分未到，晚婚一點又如何？我有許多朋友的老婆都比他們大，但只要合得來就是，這是他們兩個人的事，誰會嫌法國總統的太太老了？

為結婚而結婚才是悲劇，已經二十一世紀了，還糾纏這個不合理的制度幹什麼？單身又快樂的女人才是真正有自信的女人。女人賺到了錢，就可以學從前的男人娶小老婆，「小鮮肉」需要她們去教養。

柔情是女人最大的武裝，許多娶醜老婆的朋友，都是在最脆弱的時候，真正需要一個伴侶，這時就不會去管別人說些什麼。

外表再好看，也比不上氣質高，氣質從哪裡來？從讀書來。古人說一日不讀書，則語言無味；三日不讀書，面目可憎。這是有道理的。

多讀書，任何話題就都搭得上嘴。書本不但讓人知識豐富，還讓人懂得什麼叫謙卑。有了謙卑，人自然好看起來。

所謂讀書，不一定是讀四書五經。讀書只代表了一種專注，一心一意地把一件事情做好，經過長時間的刻苦訓練，也同樣認識到謙卑。賣豆腐也好，做菜也好，把廚藝弄得千變萬化，也可以讓人覺得可愛。

女人不斷學習，不斷找事情做，就不會顯得老。有皺紋並不是一種要遮掩的醜事，只要老得優雅，只要老得乾乾淨淨，就好看、耐看。

看世界前線的女人好了，歐洲央行行長克莉絲蒂娜·拉加德（Christine Lagarde）

滿臉皺紋，一頭全白的銀髮，身材雖然枯枯瘦瘦，還不是照樣很耐看！

矮矮胖胖的德國前總理安格拉．梅克爾（Angela Merkel）做了多年，也沒被人趕下來，人怎麼老都有個親切的樣子，沒有人會恥笑！

在東方，韓國前外交部長康京和也沒整過形，一頭灰白短髮配上枯瘦的身材，不卑不亢地和各國政要打交道，也絕對無須光顧整形醫院。

這些站在國際舞台上的女人有個共同點，心術都很正。人一走邪路，樣子即刻顯得猙獰。

所以「相由心生」這句話是有道理的，女人的美醜完全掌握在她們自己手裡，外表再好看，衣著再有品味，也改變不了內心的醜惡。

有虛榮心是可以原諒的，香港女人要表現她們在人生上的成功，就算買一兩個名牌包包也沒什麼，這和男人一賺到錢就要買一隻勞力士錶戴，再下來買一輛賓士車一樣。

只要能增加她們的自信，一切無可厚非。就連整形也是，工作上有需要，像表演行業，要整就去整吧，但絕對不能貪心，今天整這樣，明天整那樣。整形是會上癮的，你看那些什麼明星，越整面孔越硬，嘴巴也越來越裂，再整下去就變成一個小丑了。

好在一般香港女人都有自信心，她們一有時間便會去旅行，學習怎麼做菜，學習怎麼把這一生過得更加快樂。

希望她們不要變成美國女人，男士們優雅地替她們一開車門，就會被喝：「我不會自己打開嗎？！」

希望香港女人一天比一天更美，希望她們保留著那顆善良的心，一直耐看下去。

君子國

當你想不出要寫些什麼時，往菜市場去吧，總能找到一些可以發揮的題材。而且今天我還有一項特別的任務，就是和雷太拍一張照片留念。

「沛記海鮮」在菜市場進口的第一檔，我已經去了幾十年，主人雷太在全盛時期擁有數艘漁船，什麼名貴海鮮都能在她的檔中找到。我喜歡的都是隨著拖網捕撈的一些雜魚，像「七日鮮」、荷包魚。

隨著年紀漸長，她的魚檔賣的名貴魚越來越少，只剩下一些馬友和海參斑，老虎蝦和魷魚是從兒子的冰鮮店拿來的。但我還是會在她的檔口停一停，不買也打聲招呼。

今天是她營業的最後一天。兒子見她歲數大了，不忍心看她每天在這裡辛苦，請她休息休息。許多老顧客都不捨得，不過她也不是完全退休，收拾了魚檔之後，她會到侯王道她兒子開的冰鮮店幫忙，想念她的人可以到店裡和她聊聊天。

菜市場的檔主和顧客們交易久了，就會成為老朋友，這種感情可能會濃厚過家人的親情。我住在九龍城，九龍城菜市場可以說是我家的一部分了，幾天沒去，小販們都會關心地問起我來。

和檔主們做了朋友，再也不必擔心買不到最新鮮的貨物，他們總會把最好的推薦給你。有時算得太過便宜，付錢時多加一點，對方不肯收，買的人更不好意思，大家推來推去，真像小時候讀的書裡說的君子國。

蔬菜檔的二家姐，從前也不在菜市場，而是在侯王道的一間店裡開檔。家中一共有四姐妹，都是美人。四姐妹中有一位早走，另一位在家享清福，大家姐在雷太魚檔對面賣菜，二家姐的檔開在另一邊，所賣的蔬菜最為新鮮，如果想不出要燒些什麼菜，她會不厭其煩地一一為你想好。本來二家姐也可以退休了，但她說是為了等兒子成熟接班，要多做幾年，我卻看她樂融融的，似是不肯待在家裡。

最近香港為美化市容，請了許多街頭畫家，把九龍城的店鋪都畫上彩畫，衙前塱道上的義香豆腐店就是其中之一。這家店由兄妹二人經營，畫家把他們兩人的大頭畫在門上。其他家也畫了，但都一早開店看不到繪畫，只有「義香」的畫最顯眼，因為他們的店開得最晚，通常要中午才營業，開到傍晚就收檔。我最愛吃的反而不是他們的豆腐，而是大菜糕和涼粉，但不敢多買，因為妹妹不肯收錢。店裡也宜堂食，有許多老顧客經常停下，吃一兩件新鮮煎炸的豆品，或喝杯豆漿，才繼續買菜。

再過去幾家店是經常去的「元合」，這裡是唯一可以買到潮州魚飯的店鋪，但年輕顧客不懂得欣賞，魚飯種類沒有以前那麼多了。另一個原因是海鮮越來越少，一少就貴了，當今的魚飯沒有以前那麼便宜。他們的炸魚蛋最為爽口，也有很多人喜歡。

街尾的豬肉檔和牛肉檔生意很興隆。豬肉檔的肉最鮮美，牛肉檔生意特別好，天氣一冷就大排長龍，大家都買牛肉來打邊爐。我與檔主們都已成為老朋友，不買也走過去閒聊幾句，最常說的是來看看他們有沒有偷懶。

也不是家家都是老店，生力軍有來自潮汕的「葉盛行」，這是一家做大宗潮州雜貨的店鋪，什麼都有。我喜歡的是老香黃，即一種佛手瓜醃製品，越老越好，所以叫成老香黃。我到夏天拿它來沖滾水，泡出來的飲品以前老人家說可以治咳嗽，也不知是否有效，反正我喜歡那個味道。到了深夜喝濃茶睡不著覺，喝老香黃水最好不過。從前要到潮汕才能買到老香黃，當今不能旅行，可以在「葉盛行」買到，實在方便。

同條路上還有老店「老四」，一度發展得厲害，當今守回老檔口，賣滷鵝，疫情之中做外賣，生意反而越來越好。九龍城賣滷鵝的檔口不少，但「老四」還是品質最有保證的一檔。除了滷鵝，他們做的滷豬頭肉、滷豬耳朵和滷鵝腸等，都很受歡迎。

再走下去就是「潮發」了，這家老潮州雜貨店什麼都有，橄欖菜是自己做的。我最愛吃他們的酸菜，有鹹的和甜的兩種選擇。潮州甜品中的清心丸也可以在這裡買到，清心丸一度被禁止，因為用了硼砂，但這種小吃在潮州已存在了上千年。

隔壁是「金城海味」，在這裡買鮑參翅肚最安心，貨真價實。乾鮑也能代客發好，請客時加熱就行。要買陳皮的請儘管在店裡選購好了，有最好貨色。

折回侯王道，當然去「永富」買水果。當今除了高級日本哈蜜瓜、葡萄和水蜜桃之外，還有新鮮運到的雞蛋「蘭王」，要吃生的盡可放心，雞蛋的包裝上有何時進貨的日期。

隔壁的「新三陽」是愛吃滬菜的人最愛去的，如果你想自己做醃篤鮮，他們除了新鮮豬肉之外，什麼都會替你配好，按照店員的方法去煲，一定不會失敗。我還愛買他們做的油燜筍、鴨腎、烤麩等等小吃，有時會買些海蜇頭回來，用礦泉水沖一沖，再淋上義大利陳醋，百食不厭，你也可以試試看。

喜歡的字句

為了準備二〇二〇年四月底在新加坡、馬來西亞舉辦的三場行草書法展，我得多儲蓄一些文字。發現寫是容易，但要寫些好字句，又不重複之前的，最難了。

「豈能盡如人意，但求無愧於心」等字句，老得掉牙，又是催命心靈雞湯，最令人討厭，寫起來破壞雅興，又怎能有神來之筆？

記起辛棄疾有個句子，曰：「不恨古人吾不見，恨古人不見吾狂耳。」很有氣派，由他寫當然是佳句，別人的話，就有點自大了。

還是這句普通的好：「管他天下千萬事，閒來輕笑兩三聲。」已記不得是誰說的，但很喜歡，又把「輕笑」改為「怪笑」，寫完自己也偷偷地笑。

較多人還是喜歡講感情的字句，就選了「只緣感君一回顧，使我思君朝與暮」。

出自樂府民歌〈古相思曲〉。原文是：「君似明月我似霧，霧隨月隱空留露。君善撫琴我善舞，曲終人離心若堵。只緣感君一回顧，使我思君朝與暮。魂隨君去終不悔，綿綿相思為君苦。相思苦，憑誰訴？遙遙不知君何處。扶門切思君之囑，登高望斷天涯路。」太過冗長，又太悲慘，非我所喜。

寫心態的，到我目前這個階段，最愛臧克家的詩：「自沐朝暉意蓊蘢，休憑白髮便呼翁。狂來欲碎玻璃鏡，還我青春火樣紅。」也再次寫了。

也喜歡戴望舒的句子：「你問我的歡樂何在？——窗頭明月枕邊書。」

「故鄉隨腳是，足到便為家」，黃霑說這是饒宗頤送他的一句話，影響了他的作品〈忘盡心中情〉。我想起老友，也寫了。中學時，友人送的一句「似此星辰非昨夜，為誰風露立中宵」，至今還是喜歡，出自黃景仁的〈綺懷詩〉。原文太長，節錄較佳。

人家對我的印象，總是和吃喝有關，關於飲食的字特別受歡迎，只有多寫幾幅。受韋應物影響的句子有：「我有一壺酒，足以慰風塵。盡傾江海裡，贈飲天下人。」

吃喝的老祖宗有蘇東坡，他說：「無竹令人俗，無肉令人瘦，不俗又不瘦，竹筍燜豬肉。」真是亂寫，平仄也不去管它，照抄不誤。

板橋更有詩：「夜半酣酒江月下，美人纖手炙魚頭。」不知名的說：「仙丹妙藥不如酒。」還有一句我也喜歡：「俺還能吃。」另有：「紅燒豬蹄真好吃。」更有：「吃好喝好做個俗人，人生如此拿酒來！」還有：「清晨焙餅煮茶，傍晚喝酒看花。」最後有：「俗得可愛，吃得痛快。」說到禪詩，最普通的是：「菩提本無樹，明鏡亦非台。本來無一物，何處惹塵埃。」被寫得太多，變成俗套。和尚寫的句子，好的甚多，如：「嶺上白雲舒復卷，天邊皓月去還來。低頭卻入茅簷下，不覺呵呵笑幾回。」

牛仙客有：「步步穿籬入境幽，松高柏老幾人遊？花開花落非僧事，自有清風對碧流。」亦喜。布袋和尚有：「手把青秧插滿田，低頭便見水中天。六根清淨方為道，退步原來是向前。」禪中境界甚高的有：「佛向性中作，莫向身外求。」都已與佛無關了。近來最愛的句子是：「若世上無佛，善事父母，便是佛。」我的文字多為短的，開心說話也只喜一兩字，寫的也同樣。在吉隆玻時聽到前輩們的意見，說開展覽會定售價要接地氣，大家喜歡了都買得起，結果寫了「懶得管」、「別緊張」、「來抱抱」、「不在乎」、「使勁玩」。四字的有「俗氣到底」、「從不減肥」、「白日夢夢」等等。

自己喜歡的還有「仰天大笑出門去」、「開懷大笑三萬聲」等等。

有時只改一二字，迂腐的字句便活了起來。像板橋的「難得糊塗」，改成「時常糊塗」，飄逸得多。「不吃人間煙火」，改成「大吃人間煙火」，也好。

佳句難尋，我在照慣例每年開放微博的那一個月中向網友徵求，若有好的，我送字給他們，結果沒有得到。剛好我的網路商店「蔡瀾花花世界」有批產品推出，順便介紹了一下，便給一位網友大罵，說我已為五斗米折腰，其他網友為我打抱不平。我請大家息怒，自己哈哈大笑，將「不為五斗米折腰」改了一個字，變成「喜為五斗米折腰」，成為今年最喜歡的句子。

問題問題一籮筐

看新聞，有許多記者發問，雖說只是問三個問題，但內容加了又加，變成七八個問題，不但令回答的人混亂，而且常忘記第一個問題是什麼。

我發覺問問題，越精簡越好，回答方也不必限定一個人只能問一次，如此回答時更加準確，也不必囉哩囉唆。

這種情形更適合英文講得不好的提問者，簡單的一條已聽不清楚，還要講一大堆，更是令人難以回覆。回答的人，英語不行的也居多，不如讓專講中文和專講英文的人分別登場，節省時間甚多。

所有人與人之間的溝通，我最中意用問答的方式來進行，問題越短越好，回答也是。這一來像你發一球，我回一球，拋來拋去，好玩得很。

一般人發問，最喜歡以「其實……」來開頭，回答也是。這種開場白最沒有用，最多餘了。其實些什麼？已是其實的，講來幹什麼，為什麼整天其實來其實去？所謂學問，就是問了之後學到的，問問題是學習的最佳方式。

但是在發問之前，必得想一想，為什麼問，問得多會不會出醜？

比方說，問：「怎麼又多吃又不胖？」這簡直是放屁嘛，多吃就胖，此問題真是多餘！

一些經濟學家也問得笨，看過他們參觀證券交易所，問的竟然是：「買什麼股票一定賺錢？」哈哈哈哈，知道了還在這裡打工？早就自己發財去也！發問的人簡直是白癡一名。

同樣的蠢問題還有：「怎麼可以防止禿頭？」哈哈哈哈，知道的話，早就賣藥去也！

「我長得漂亮，怎麼沒有男朋友？」有些網友問。發問的人沒有頭像，我回答：「發一張照片看看。」「我心中漂亮。」對方不敢了，即刻遮醜。

更加愚蠢的還有：「怎麼發財？」「怎麼不學自會？」「怎麼不勞而獲？」唉，天下笨人真多，只有叫他們去吃發財藥，去喝聰明水。

一點也不經過大腦就發問，是最低能的，廣東話中有一句說得最恰當，就是「睬你都傻」（理你是傻瓜）。

關於婚姻和戀愛，更有傻得交關（厲害、嚴重）的問題。當然，戀愛中人都是傻的。最多的問題是：「我愛他，他不愛我；他愛我，我愛別人。怎麼辦？」我的回答只有兩個字：「涼拌。」出現第三者，更是糾纏不清。「A君愛B君，B君愛C君，A、B、C君怎麼愛？」不必問了，把這些問題放在顯微鏡下，就可以大做文章。

亦舒的小說，都是這樣寫出來的。她的哥哥倪匡也說過：「我寫科幻，天馬行空，但也不如我妹妹，來來去去，只有三個人，也可以寫那麼多本書，也可以寫得那麼精彩。」

迷惘更是年輕人最愛問的問題，但是迷惘是你的專利嗎？凡天下人，年輕時都迷惘過，你是第一個嗎？從迷惘中走出來呀，我們都是這麼活過來的。

「父母要我結婚，我不想嫁，怎麼辦？」回答又是「涼拌」。不想嫁就別嫁呀，天下單身而快樂的人那麼多，為什麼不學習學習？不嫁會死人嗎？你的家長又沒有用槍指著你，都什麼世紀了，還一定要嫁？「不嫁父母難過呀。」我一向回答：「父母的話一定要聽，但不一定要照做的呀！」

對於未來，年輕人又老覺不安。「昨天考完試，不知及不及格，怎麼辦？」不及格也已經考了，已經過去了，擔心些什麼？就算不及格，再考一次就好，擔心也沒用呀！

「有沒有來世呢？」也有很多人問。我總是回答：「沒有死過，不知。」

我一向阻絕微博網友直接問我問題，但每年在農曆新年之前，我會開放微博一次，整個月允許網友提問。

去年最佳的問題是：「你吃狗肉嗎？」最佳回覆是：「什麼？你叫我吃史努比？」

今年的是：「我整天在女人之中打滾，你猜我做的是什麼職業？」最佳回答是：「你是夜總會領班。」

微博十年

在二〇一九年四月十一日那天，微博開了一個簡單又莊嚴的發布會，給了我一個獎狀：十年影響力人物。

拿在手上，才知道不知不覺玩微博已經十年。什麼是微博？在這裡不厭其煩地重複一下，微博是一個社交平台，功能和外國的 Twitter 一樣，註冊之後，你就可以在電腦、平板電腦和手機上觀看和發表意見。今後，任何人都不能投訴「我沒有地盤」了。

連美國前總統川普也樂此不疲，幾乎天天向反對他的人發出攻擊。微博是一種十分好玩的新遊戲，但每一種遊戲都有規則，我一加入，即刻聲明：「只談風花雪月，不談政治。」

遊戲中有一種叫「粉絲」的人，那就是你的讀者或者網友了。和老一輩的徵友專欄一樣，先簡單地介紹一下自己，如興趣何在等等，筆友就會來找你。當今科技厲害，一封信能傳達給成千上萬的人，有些還不只，這要看你的內容引不引得起別人的興趣。

一切都是從零開始的，我的長處是可以從以前寫過的稿件中抽出一些來發表，這幫助我接觸到更多的網友。而我的特點在於講吃喝玩樂，已經能引起眾多網友的共鳴。

像我一早就說吃鮭魚刺身會生蟲，吃豬油對身體有益，等等，都引起一陣陣反應，也在後來被醫學界證實是對的。

旅行也給我充分的資料和圖片來發表內容。我從前每天都寫專欄，在報紙和雜誌上發表，當今轉換了一個形式，在電腦上寫作罷了。

我認為每決定做一件事，成功與否是其次，首先要全力以赴，再來就是要做得細微。用這個精神，我勤力地發微博，直到截稿的今天，翻查紀錄，我已經發了十萬零四千二百八十九條，每條以十個字來計，也有一百多萬字了。

中間得到眾多網友的支持和鼓勵，才能做到。玩微博的人，那些明星歌星，是由公司職員代答，我很珍惜每位網友的意見，雖然不能全部回答，但也盡量做到。因為我曾經寫過很多稿件，所以有那種能力來應付，只要問題是有趣的，我答應自己，一定親自回覆。每一則微博，都是我自己手寫的。所謂手寫，是我不懂得拼音輸入法，都是在平板電腦上手寫，按到繁體字就以繁體字回答，簡體亦然。我認為我的網友，最低標準，是可以讀繁體字的。

粉絲的數目不斷增加，百個、千個、萬個到百萬個，至今已有一千零四十六萬五千九百三十位了，我常開玩笑地說，比香港人口還多。這是一個傲人的數字，我不臉紅地自豪。

當上台領獎時，司儀要求我說幾句，回答一個問題：「你最近覺得最有趣的提問是什麼？」

我說：「有個網友問我吃狗肉嗎，我回答道：『什麼？你叫我吃史努比？』」

接著我說，至今為止，最有意義的事是在老朋友曾希邦先生最後那幾年叫他註冊了微博。曾希邦先生個性孤僻，一肚子不合時宜的想法，朋友雖然不多，但個個都佩服他。他中英文貫通，翻譯工作做得一流，又很嚴謹。在他的晚年，老友一個個去世，有鑑於此，我鼓勵他加入了微博，他想不到有那麼多網友都是被他做學問的態度感染的。曾先生的晚年，因為有了微博而不寂寞。

這是真實的例子，也是我愛微博的理由。我希望年輕人多上微博，在那裡，他們可以找到志同道合的朋友，這些朋友都是沒有利害關係的，非常純真。

至於我的微博網友是什麼樣的人呢，可以說都是喜歡吃的。這一點也不壞，喜歡吃的人多數是好人，因為他們沒有時間動壞腦筋。

這一群忠實的網友，差不多都見過面，因為他們已知道我的生日，會集中在一起為我祝賀。他們由中國各地聚集在北京、上海、廣州等地，我也開飲食大會，請大家吃吃喝喝，真是開心。可惜近年來我更喜歡安靜，這些活動也甚少參加了。不過，有時他們聽到我的消息，像要出席一些推銷新書的活動，他們都會前來替我安排次序。做了幾次，都已經是熟手了，有條不紊。

年紀一大，就不喜歡沒禮貌的網友，像有些一上來就問候我親娘的。我就想想出一個辦法來阻止，玩 Twitter 的友人都說這個阻止不了，但我不信邪，想出由我的長年網友來阻止的辦法。有問題不能親自來到我這裡問，要經過這群老友篩選，這就可以完全阻絕無禮之徒。

這種方法雖然有效，但會引起不滿的情緒，我就一年一度在農曆新年前後的一個月完全開放微博，我已做好心理準備，有汙言穢語也就忍了。這一個月之中，眾多問題殺到面前，我一一回覆。很奇怪，竟然已經沒有不禮貌的。謝天謝地，謝謝我所有的網友，讓我度過美好的新年。

老頭子的東西

日本年輕人不願生育，為什麼？一切東西都太貴了。當今人口老齡化，錢還是抓在老頭子手上，他們努力過，賺過錢，儲蓄也多，老本雄厚，雖說當今經濟低迷，但好東西老頭子照買。

看日本電視上的廣告就知道，賣汽車的從來不用年輕男女做廣告，他們買不起。漂亮模特兒賣的，最多是化妝品罷了。還有很多賣啤酒的，倒是老少都喝。日本人到了夏天很喜歡來一杯冰凍啤酒，說是口渴了；到了冬天，也來一杯，說是天氣太乾燥了。

不知不覺之中，我也成了老一輩的一分子，喜歡品質高的商品，貴一點也不在乎。只要是美的，只要是有永恆的價值，都買得下手。

從前經過銀座的高級禮品店，進去逛一逛。咦？這都是阿公阿嬤買的，有誰要這些東西？當今走進去，才知道好的東西都收集在那裡。

那黑漆漆的花瓶，為什麼會賣那麼貴？原來是備前燒，日本最高級的陶瓷，黑色的產品之中可以看出五顏六色的層次。

備前地區的泥土中含有各種礦物質，才能燒得出來，別的地方沒有的。一旦愛上備前燒，把玩起來，有無窮盡的樂趣。

老頭子會欣賞的也不一定是貴的，像椿類的產品，「椿」就是山茶花。我們老早就知道山茶花油對頭髮的滋養是一流的。古時候的婦女將榨過山茶花籽油的渣滓做成餅狀，要洗頭時掰一塊浸水，是一流的護髮品。日本貨中含山茶花的洗髮水、護髮膏等，都曾經流行過。

山茶花盛產之地是一個叫大島的地方，只要說「大島椿」，大家都知道。這一品牌的各種產品從前都能買到，當今少了，也罕見，好在香港崇光百貨食品部還在賣，不必老是去日本找了。

山茶花的功效被大化妝品公司資生堂重新發現，他們大肆宣傳其含山茶花油的產品，將它們賣給年輕人洗髮。可惜山茶花油下得極少，效力不強，不如老牌子的產品好。

有些東西一經重新包裝，效用就大不如前，像很好用的喇叭牌正露丸，新包裝的加了一層糖衣，聞起來沒有舊的那麼臭，但還是原貨有用。肚子痛服六小粒即止，牙痛起來，塞一粒在蛀牙縫中，神奇得馬上不痛了，我旅行時必備於行李箱中。

慣用的還有他們的牙膏。有一種花王牌粒鹽牙膏，其實就是牙膏中加了粒鹽，但的確能防牙周病，也可以止牙齒出血，的確是寶貝。我用了幾十年，可惜當今東京和大阪的大藥房已經停止出售，要到鄉下的「JUSCO」大型超市才偶爾找得到。我不只變成老頭，而且是一個鄉巴佬老頭。

當今紙媒衰落，大家又可省則省，從前訂的雜誌不用花錢去買了，雜誌社一家又一家地關門。屹立不倒的是一本叫「SARAI」的雜誌，專賣給有品味的老頭看，每一期都介紹日本最好的產品，也介紹各地美食和溫泉，當然更注重介紹各地的古董、繪畫、工藝品和美術館。

每一期都有一本附錄，由各商家出錢來推銷他們的個性化產品。小冊中還有老人家的工作服、高級睡衣、寢具的廣告，但一直是男性用品，最近才推出女士用的，效果奇佳。小冊中刊的女人的廣告也越來越多了。

這本雜誌相當大方，經常贈送鋼筆、旅行包等，老人家收了都很喜歡，訂閱人數更多。

雜誌內容並非外國人能夠完全欣賞，介紹的東西有些是日本人才能了解的，像落語（日本的單口相聲）、能劇和歌舞劇等，只與日本人有緣。

多數內容會介紹一些日本名畫家、雕塑家、陶瓷家等，還有各地的收藏，像刀劍書畫。介紹非常之仔細，一一分析，說明什麼地方可以看到原作，以及附近有什麼美食和旅館，讓著迷的人旅行到當地時可以享受一番。

因為讀者多是有錢人，這本雜誌也介紹很多外國的美術館、音樂廳和名畫展，教人怎麼去，住哪裡，如何入門，怎麼欣賞。

老人家的飲食得注意健康，雜誌中有許多內容介紹長壽名人的早餐吃些什麼，怎麼做，去哪裡買。最早介紹藜麥的也是這本雜誌。

有許多好東西都是只推薦給當地人的，像豪華的火車旅行。日本人最喜歡火車，對它有種獨特的情懷。三越百貨公司也有豪華巴士旅行，也只服務老顧客。

老人也是從年輕人變成的，他們成長過程中接觸過的玩具和漫畫也是專題介紹的重點。

當今我到了銀座，也喜歡遊各大百貨公司的七樓或八樓，這裡面賣的杯杯碗碗也是我最喜歡用的。高貴貨之中有一種用銻金屬做的大杯子，裝了熱水不會燙手，放了冰塊進去久久不融化，真是神奇。

老人家有老人家喜歡的，年輕人有年輕人愛好的，有代溝是免不了的。老人看到年輕人買又舊又穿洞的牛仔褲，說什麼也不明白，一直搖頭。

為《倪匡老香港日記》作序

施仁毅兄的豐林文化公司出版倪匡兄的新書，囑我作序。

我在南洋時，倪匡這個名字就已如雷貫耳。我讀過他用許多筆名寫的文章，多數發表在《藍皮書》這本雜誌上。

後來我去日本留學，半工半讀，替邵氏電影公司當駐日本辦公室經理，工作的大部分內容，是檢查電影的拷貝。那時候香港並無彩色沖印，一切片子都要靠日本的東洋現像所（日本的一家電影膠片沖印公司）。印好的菲林（膠片），我們行內的術語就叫「拷貝」，是「copy」的譯音。一部片子最少要印幾十個拷貝，版權賣到東南亞及北美，拷貝總量可達數百。

因為對工作認真負責，每印好一個拷貝，我就得看一次，檢查顏色有無走樣，字幕與戲中人的口型能否對應，等等。這麼一來，每部邵氏電影我都看得滾瓜爛熟，而且每部片的編劇都是倪匡，沒見過本人，當然對這個人充滿好奇。

二十世紀七十年代，鄒文懷離開邵氏，獨立組織嘉禾公司，我被邵逸夫調回香港，坐上「直升機」，代替他當了製片經理。

當年的邵氏片場簡直是一個城區，裡面什麼都有。我被安排住進宿舍，二千平方英尺（約五十六坪）左右的面積，一廳二房，這對我這個住慣東京小公寓的人來說，算是相當豪華。

對面住的就是岳華了。早在他去日本拍《飛天女郎》那部片子時，我們便認識。他好學，在電影圈算是一個知識分子，我們談得十分投機。

岳華第一個介紹我認識的人是亦舒，也就是倪匡的親妹妹。當年她的文章已紅遍香港，她也在邵氏的官方雜誌《南國電影》和《香港影畫》上寫文章，是編輯朱旭華先生的愛將。

亦舒出道得早，充滿青春氣息的她留著髮尾捲起的髮型，印證了「十七八歲無醜女」這句俗語。她時常生氣，留給我的印象像是《花生漫畫》中的露西，對任何事都抱怨，一肚子不合時宜的想法。但很奇怪，她對我特別好，可能是我也喜歡看書的關係吧。

「你來了香港，有什麼事想做的嗎？」她問。

正中下懷，我第一個要求就是：「帶我去見你哥哥倪匡。」

「包在我身上。」她拍拍胸口。

星期天大家放假，她就駕著她那輛「蓮花牌」的小跑車，我坐在她旁邊，岳華自己開另一輛車，三人一起到了香港海邊的百德新街的一座公寓。

當年還沒有填海，亦舒說倪匡兄一家要買艇仔粥當宵夜時，可從三樓由陽台上吊下竹籃子向海上的艇家買，畫面像豐子愷的漫畫一樣。

門打開，倪匡兄「哈哈哈哈」大笑四聲，說：「你來之前已聽過很多關於你的事，沒想到你人長得那麼高。快進來，快進來。」後面站著的是端莊的倪太，還有一對膝蓋般高的兒女，姐姐倪穗，弟弟倪震，都長得玲瓏可愛。

住所蠻大的，但已堆滿了雜物，要逐樣搬開才能走得進去。我最想看到的是倪匡兄的書桌，不擺在書房裡，而利用客廳。書桌上也堆滿雜物，其中最多的是收音機，放著的吊著的，有七八個之多。

沏好龍井走出來，倪匡兄嘴邊擔住了一根菸，他說：「從刷牙洗面開始就要抽，一天四包。」

是的，書桌旁邊的牆上一角已給菸燻黃。

菸多，收音機多，還有貝殼多。倪匡兄說：「已經不夠放了，我租了一個單位，就在樓上，用來放貝殼。」

坐在沙發上，大家聊個不停。倪匡兄問了我的年齡和經歷之後，向我說：「改天有空印一枚圖章給你。」

「什麼，你也會？我最愛篆刻了。」我說。

事後，他答應我的事都做到了，我收了他一枚圖章，印文寫著：「少年子弟江湖老。」

「肚子餓了，先去買東西，吃飽了就買不下手。」他一說，兩個小孩子歡呼，我們一群人浩浩蕩蕩地走進大丸百貨的食物部。

大丸百貨擠滿了人，當年還設有音樂，客人一面跟著哼歌，一面購買。倪匡兄看到什麼買什麼，像是不要錢似的，可樂一買就四箱，其他的都堆滿在我們五個大人的車裡面。他說：「賺了錢不花，是天下大傻瓜，你看多少人死時還留那麼多財產，花錢真是難事！」

從此學習，倪匡兄的海派出手風格完全符合我的性格，第一次見到他，我學到寶貴的一課。

臨別時，我忍不住問亦舒：「為什麼倪匡要用那麼多個收音機？」亦舒笑了：「他不會轉台，要聽哪個台，就開哪個收音機。」

其他妙事，請看新書。

只限不會中文的老友

為了出版英文書，我這段日子每天寫一至兩篇文章，日子很容易就過，熱衷起來不分晝夜。我們的「忘我」，日本人稱為「夢中」，實在切題。

每完成一篇文章，我即用電郵傳送蘇美璐，再由她發給作家珍妮絲．阿姆斯壯（Janice Armstrong）修改。另外傳給鍾楚紅的妹妹卡羅爾（Carol Chung），她已移民新加坡，全部以英文寫作和思考，兒女長大後較為得閒，由她潤色，把太過英語化的詞句拉回東方色彩，這麼一來才和西方人寫的不同。

蘇美璐的先生羅恩．桑福德（Ron Sandford）也幫忙，美璐收到文章給他過目，他看完說：「蔡瀾的寫作方式已成為風格，真像從前的電報，一句廢話也沒有。」

當今讀者可能已不知道電報是怎麼一回事了，昔時以電信號代表字母，像「點、點、點」是一個字母，「點、長、點」又是另一個字母，加起來成為一個字。每一個字打完，後面還加一個停止信號，用來表示完成。

拍電報貴得要命，價錢以每個字來算，所以盡量少寫，有多短寫多短，只求能夠達意，絕對不多添一句廢話。這完全符合了我的寫作方式。

我雖然中學時上過英校，也一直喜歡看英文小說，電影看得更多，和洋朋友進行普通英語對話也可以過得去，但要寫出一篇完整的英文文章，還是有問題的。

我會在文法上犯很多錯誤。小時學英文，最不喜歡什麼過去式、過去進行式等等，一看就頭痛，絕對不肯學。我很後悔當年任性，致使我沒有經過嚴格的訓練，現在用起來才知會犯錯。

好在卡羅爾會幫我糾正，才不至於被人當笑話。我用英文寫作時一味「夢中」地寫，其他的就交給珍妮絲和卡羅爾去辦。

最要緊的還是內容，不好看什麼都是假，但自己認為好笑，別人不一定笑得出，尤其是西方讀者。舉個例子，我有一篇文章講我在嘉禾當副總裁時，有一天鄒文懷走進我的辦公室，看書架上堆得滿滿的，盡是我的著作，酸溜溜地暗示我不務正業，說：「要是你在美國和日本出那麼多書，版稅已花不完，不必再拍電影了。」我回答說：「一點也不錯，但要是我在柬埔寨出那麼多書，早就被送到殺戮戰場了。」

用中文來寫就行，一用起英文，珍妮絲就不覺得幽默，若只有一兩段如此，我即刻刪掉，但是整篇文章放棄就有一點可惜。我不知道珍妮絲為何不了解，卡羅爾就明白。我到底是堅持採用，還是全篇丟掉呢？到現在還沒有決定，我想到了最後，還是會放棄。

要寫多少篇才能湊成一本書呢？以過往的經驗，我在《壹週刊》寫的長文每篇兩千字，編成一系列的書，像《一樂也》、《一趣也》、《一妙也》等等，每一個專題出十本書，每湊夠四十篇就可以出一本。以此類推，英文的文章有長有短，要是有六十篇，就可以了吧？

我現在已存積到第五十二篇了，再有八篇就行。從第一篇至第五十二篇，我都是想到什麼寫什麼，有的寫事件，像成龍跌傷等；有的寫人物，像邂逅湯尼・寇蒂斯（Tony Curtis）等；有的寫旅行，像去冰島看北極光等。文章任意又凌亂地排列，等到出書時，要不要歸類呢？

我寫的旅行文章太多了，故只選了一些較為冷門的地方，如馬丘比丘、大溪地等，要不是決心刪掉，就有好幾本書了。我這本英文書絕對不可以集中在這個題材上面，所以法國、義大利等，完全放棄。

關於吃的文章也不可以太多，我選了遇到保羅・博古斯（Paul Bocuse，法國名廚）時請他煮一個蛋的故事。太普通的都刪除。

關於日本，我出過至少二十本書，到最後只選了幾個人物，像一個吃肉的和尚朋友加藤和一個把三級明星肚子弄大的牛次郎。

關於電影的文章也太多了，只要了〈一種叫作「電影導演」的怪物〉和〈範・克裡夫的假髮〉那幾篇，都是我的親身經歷和我認識的人物。

剩下的那八篇要寫什麼，到現在還沒決定，腦海中已經浮現了微博上的有趣問答、與蚊子的生死搏鬥和瘟疫流行中的日子怎麼過等等題材，邊寫邊說吧。

文章組織好後，蘇美璐會重新替我畫插圖，眾多題材都是她以前畫過的，現在新的這批畫作，我有信心會比文章精彩，我一向都是這麼評價她的作品的。

如果英文書出得成，到時和她的一批原畫作一起展出做宣傳，較有特色。

這本書，像倪匡兄的《只限老友》，我的是《只限不會中文的老友》。書若出不成，自費印一批送人，目的已達成。

第二章

吃好，喝好，活好

家鄉菜

人家問我：你是潮州人，為什麼喜歡吃上海菜，而不是潮州菜？答案很簡單，只認為自己的家鄉菜最好，是太過主觀的。和其他省分以及別的國家的菜比較，覺得好吃的，就是自己的家鄉菜，不管你是哪一方人。

我喜歡的還有福建菜，那是因為我家隔壁住了一家福建人，應該說閩南人吧（福建其實真大，有很多種菜）。那是爸爸的好朋友，一直想把女兒嫁給我，拚命向我灌輸閩南文化，吃多了覺得十分美味，也就喜歡上（是菜，非人家千金），當自己是一個道地的福建人去欣賞！

記得很清楚的有具代表性的薄餅，也叫潤餅，包起來十分麻煩，要花三四天去準備，當今已沒有多少家庭肯做。一聽到有正宗的，即刻跑去吃，甚至找到廈門或泉州去，當是返回家鄉。

小時還一直往一位木工師傅的家裡跑。他是廣東人，煲的鹹魚肉餅飯一流，做臘味更是拿手，淋上的烏黑醬油種下我愛粵菜的根。後來在香港定居，日常生活中已離不開廣東菜。

當然馬來菜我也喜歡，什麼「辣死你媽」的早餐，各種咖哩、沙嗲等等。馬來菜源自印尼菜，我把印尼菜也當成家鄉菜，而且吃辣絕對沒有問題。小時偷母親的酒喝，沒有下酒菜，就到花園裡採指天椒，又找小米椒來送，這使我喜愛上泰國菜。長大了去泰國工作，一住幾個月，天天吃，也不厭。

在日本留學和工作，轉眼就是八年，有什麼日本菜未嘗過？但我從來不認為日本料理有什麼了不起，而且種類絕對比不上中國菜，變化還是少的。

倒是覺得韓國料理才是家鄉菜。我極愛他們的醬油螃蟹和辣醬螃蟹，他們還將牛肉做得柔柔軟軟，讓家裡沒有牙齒的爺爺也咬得動，叫做「孝心牛肉」。這種精神讓我感動。他們的泡菜是越吃越過癮，千變萬化，只要有一碗白飯就行。

法國料理一向吃不慣，高級餐廳的等死我也，小吃店的才能接受。義大利菜就完全沒有問題，吃上幾個月我也不會走進中華料理店。

在澳洲住了一年，朋友們都說澳洲菜不行，不如去吃越南菜或中國菜，但到了異鄉吃這些不是本地的東西，就太沒有冒險精神了。一個陌生的地方總有一些美味的，問題在於肯不肯去找。

努力了，你便會發現他們有一種菜，是把牛排用刀子刺幾個洞，把生蠔塞進去再烤的吃法，甚為美味。他們的甜品叫帕芙洛娃（Pavlova），用來紀念偉大的芭蕾舞娘，一層層輕薄的奶油，像她穿的裙子，也很好吃。不過當為家鄉菜，始終會覺得悶的。

如果說順德菜是我的家鄉菜，我會覺得光榮，簡簡單單的一煲鹽油飯已經吃得我捧腹出來。精緻的是我最近嘗到的肥燶叉燒，用一支鐵筒插穿半肥瘦的豬肉，中間將鹹蛋灌進去，燒完再切片上桌，真是只有順德人才想得出來的玩意。還有他們的蒸豬，是把整隻大豬的骨頭拆出來，塗上鹽和香料，放進一個像棺材一般大的木桶裡面，用猛火蒸出來，你沒試過不知道有多厲害。

當杭州是家鄉的話，從前是不錯的，在西湖散步之後回到賓館吃糖醋魚，配上一杯美酒，有多寫意！當今湖邊擠滿遊客，到了夏天，一陣陣的汗味攻鼻，實在是不好受的事。而且食物水準一天天低落，連醬鴨舌也找不到一家人做得好，別的像龍井蝦仁、東坡肉、餛飩鴨湯等，還是來香港天香樓吃吧。

昨夜夢迴，又吃了上海菜。二十世紀五十年代初，有大批上海人湧到香港，當然帶來他們道地的滬菜。好餐廳給熟客看的不是菜單，而是筷子筒。把筷子筒拆開，在空白處寫著「圓菜」，那就是甲魚；寫著「划水」，那就是魚尾；寫著「櫻桃」，那就是田雞腿。都是告訴熟客當天有什麼最新鮮的食材，的確優雅。

草頭圈子是用一種叫做草頭的新鮮野菜和紅燒的豬大腸一起炒的。炒鱔糊是將鱔背紅燒了，上桌前用勺子在鱔背上一壓，壓得凹進去，上面鋪著蒜蓉，再把燒得熱滾滾的油淋上去，嗞嗞作響上桌。

菜餚都是油淋淋、黑漆漆的，叫做濃油赤醬。後來我到上海到處找，像「老正興」、「綠楊村」、「沈大成」、「湖心亭」、「德興館」、「大富貴」、「洪長興」等等，侍者態度怎麼可憎都忍了下來，但就是沒有濃油赤醬，所有菜都不油、不鹹、不甜，將老菜式趕盡殺絕。而且，最致命的是不用豬油了。

醒來，一大早跑到「美華」，老闆的粢飯包得一流，他太太還會特地為我做蛤蜊燉蛋，又叫了一碗鹹豆漿，吃得飽飽。中晚飯也去吃，他們的菜，下豬油的。

我前世應該是江浙人，所有江浙菜，只要是正宗的，我都喜歡。

只要好吃，都是家鄉菜，我們是住在地球上的人，地球是我們的家鄉。

兒時小吃

一生已足，回去幹什麼？但是，如果能夠，倒是想嘗嘗當時的美食。

早年的新加坡，像一個懶洋洋的南洋小村，小販們刻苦經營，很有良心地做出他們傳統的食物。那時候的那種美味，不是筆墨能夠形容的。

印象最深的是同濟醫院附近的小食檔（小吃攤），什麼都有。一攤子賣的滷鵝，滷水深褐色，直透入肉，但一點也不苦，也沒有絲毫藥味，各種藥材是用來軟化肉的纖維，鹹淡恰好。你喜歡吃肥一點的，小販便會斬脂肪多的腿部給你，不愛吃肥的就切一些肋邊瘦肉。肉質一點也不粗糙，軟熟無比，與當今的滷水鵝片一比，後者相差個十萬八千里，沒有機會嘗過，是絕對不明白我在說什麼的。

但是吃不到又有什麼可怨嘆呢？年輕人說。對的，我只供應你一些資料，也許各位能夠找到當年的味道。我自己也不斷地尋找，在潮州鄉下的家庭，或者在南洋各地，總有一天給我找到。

我最喜歡的還有魷魚，用的是晒乾後再發大的，發得恰好，絕對不硬，尾部那兩片「翅」更是乾脆，用滾水一燙，上桌時淋上甜麵醬，撒點芝麻，好吃得不得了。

佐之的是空心菜，也只是淥得剛剛夠熟，喜歡刺激的話，可以淋上辣椒醬。

這種攤子也順帶賣蚶子，一碟碟地擺在你面前，小販拿去淥得恰好，很容易掰開。那時候整個蚶子充滿血，一口咬下，那種鮮味天下難尋。一碟不夠，吃完一碟又一碟，吃到什麼時候為止？當然是吃到拉肚子為止。

這種美味不必回到從前尋，當今也可以得到。到九龍城的「潮發」，或者走過兩三條街到城南道的泰國雜貨鋪，或者再遠一點，去啟德道的「昌泰」，都可以買到肥大的新鮮蚶子。

洗乾淨後，放進一個大鍋中，另燒一大鍋滾水，往上一淋，用根大勺攪它一攪，即刻倒掉滾水，蚶子剛剛好淥熟。一次不成功，第二次一定學會。

很容易就能把殼剝開，還不行的話，當今有個器具，像把鉗子，插進蚶子的尾部，用力一按，即能打開。在香港難找，可在淘寶網上買到，非常便宜。

當今，吃蚶子是要冒著危險的，很多毛病都會產生，腸胃不好的人千萬別碰。偶爾食之，還是值得拚老命的。

囉惹（Rojak）是馬來小吃，但正宗的當今也難找了。首先用一個大陶缽，下蝦頭膏，那是一種把蝦頭蝦殼腐化後發酵而成的醬料。加糖、花生末和酸汁，再加大量的辣椒醬，混在一起之後，就把新鮮的沙葛、黃瓜、鳳梨、青芒果切片投入，攪了又攪，即成。高級的，材料之中還有海蜇皮、皮蛋等，最後加香蕉花，才算正宗。

同一個攤子上也賣烤魷魚乾。令人一食難忘的是烤龍頭魚，又稱印度鐮齒魚，粵人叫九肚魚。這種魚的肉軟細無比，是故有人稱為豆腐魚。奇怪的是，這種魚晒乾後又非常硬。在火上烤了，再用槌子大力敲之，上桌時淋上蝦頭膏，是仙人的食物，當今已無處尋覓了。

上述的是馬來囉惹，還有一種印度囉惹，是把各種食材用麵漿煨了，再拿去炸，炸完切成一塊塊，最後淋上醬汁才好吃。醬汁用花生末、香料和糖製成。醬不好，印度囉惹就完蛋了。當今我去新加坡，試了又試，一看到有人賣就去吃，沒有一檔吃到過從前的味道。新加坡小吃，已是有其形而無其味了。

印度影響南洋小食極深，其他有最簡單的蒸米粉糰。印度人把一個大藤籃頂在頭上，你要時他拿下來，打開蓋子，露出一團團蒸熟的米粉。弄張香蕉葉，把椰子糖末和鮮椰子末撒在米粉糰上，就那麼用手吃，非常非常美味。想吃個健康的早餐，它是最佳選擇。

印度人製的煎粿，是用一個大的平底鍋，下麵漿，上蓋慢火煎之，煎到底部略焦，內面還是軟熟時，撒花生糖、紅豆沙等，再將圓餅折半，切塊來吃。當今雖然買得到，但已失去原味。

福建人的蝦麵，是把大量的蝦頭蝦殼搗碎後熬湯，還加豬尾骨，那種香濃是筆墨難以形容的，吃時撒上辣椒粉、炸蒜末。蝦肉蘸辣椒醬、酸柑，其實不是很難複製的，但就是沒有人做。前一些時候，上環有些年輕人依古法製作，可惜就沒那個味道，是因為年輕人沒有吃過吧。

懷念的還有豬雜湯，那是把豬血和內臟煮成一大鍋來賣，用的蔬菜叫珍珠花菜，當今罕見，多數用西洋菜來代替，吃時還常撒上用豬油炸出來的蒜末和魚露。當今去潮汕還能找到，香港上環街市有「陳春記」賣，曼谷小販檔的最為正宗，但一切都比不上我兒時吃的。那年代的豬肚要灌水，灌無數次後，豬肚的內層脂肪變成透明的，肥肥大大的一片豬肚，高級至極，畢生難忘，是永遠找不回來的味覺了。

家常湯

「你喝些什麼湯？」記者問。

最好喝的當然不是什麼魚翅鮑魚之類的湯，而是家常的美味。每天煲的湯，當然用最容易買到的當造（正值時令）食材。

今天喝些什麼呢？想不到，往九龍城菜市場走一趟，即刻能決定。

看到肥肥胖胖的蓮藕，就想到章魚蓮藕豬骨湯了。回到家裡，拿出從韓國買回來的巨大章魚乾來，洗個乾淨，用剪刀分為幾塊，放進陶煲內。排骨選尾龍骨那一大塊，肉雖少，但骨頭最出味，極甜。另外把蓮藕切成大塊投入，煲兩三個鐘頭。煲出來的湯是粉紅色的，就是上海人倪匡兄最初見到，形容不出，把它叫做「曖昧」的顏色。他試過一口即愛上，佩服廣東人怎麼想得出來。

當今天氣炎熱，蔬菜不甜又老，最好還是吃瓜。而瓜類之中，我最愛的還是苦瓜。將小排骨，即肉排最下面那幾條，斬成小塊，加大量黃豆。苦瓜切成大片，最後加進去才不會太爛。這口湯，也是甜得要命，又帶苦味來變化，的確百喝不厭。

至於要煲多久，全憑經驗，有心人失敗過幾次就能掌握。一直喊不會煲湯的人，是懶人。

雖說天熱蔬菜不佳，但也有例外，像空心菜，也叫蕹菜，就越熱越美。買一大把回來，先把江魚仔，就是鯷魚乾——到處能買到，但在檳城買到的最鮮甜——中間的那條骨去掉，分為兩半，滾它兩滾，味出，即下蘿菜和大量蒜頭，煮出來的湯也異常美味。

老火湯太濃，不宜天天喝，要煮這種簡易的清湯來中和一下。清爽一點的還有鯇魚片芫荽湯。鯇魚每個街市都有賣，買肚腩那塊，去掉大骨，切成薄片。先把大量芫荽放進去滾，湯一滾，投入鯇魚片，即收火。這時的湯是碧綠色的，又漂亮又鮮甜。

我喜歡的湯，是好喝之餘，湯渣還能吃個半天的。像紅蘿蔔煲粟米（玉米）湯，粟米要買最甜的那種，請小販們介紹好了，自己分辨不出的。如果要有療效，那麼放大量的粟米鬚好了，可清肺。下排骨煲個一小時，喝完湯撈出粟米，蘸點醬油來啃，可當點心。

說到蘿蔔，青紅蘿蔔煲牛腱，最好是五花腱，再下幾粒大蜜棗，一定好喝。從前方太還教了我一招，那就是切幾片四川榨菜進去，味道變複雜，口感爽脆。牛腱撈出切片，淋上些蠔油，又是一道好餸（下飯的菜）。

花生煲豬尾也好喝，大量大粒的生花生下鍋，和豬尾煲一兩個小時，湯又濃又甜。我發現正餐之間，肚子餓起來，最好別亂吃東西，否則影響胃口，這時吃幾小碗花生好了。豬尾只吃一兩小段，其實當今的豬，尾巴都短，要多吃也吃不到。

豬尾豬腳，毛一定要刮乾淨，除了用火槍燒之，就是用剃刀仔細刮個清清楚楚，不然吃到皮上的硬毛，心中也會發毛。有時怎麼清潔都剩下一些，是最討厭的事。我曾經一而再，再而三地問那些豬腳專門店的人如何去毛，他們也說除了上述做法，沒有其他辦法。

說到豬腳，北方人多數不介意前蹄或後腳，廣東人叫前蹄為豬手，後蹄為豬腳，就容易分辨。總之，肉多的是腳，骨頭和筋多的就是手了。

當今南洋肉骨茶也開始流行起來。到肉販處買排骨時，吩咐要肉少的首條排骨（肉太多了，一吃就飽），再去超級市場買肉骨茶湯包，放進去煲它兩個小時就能上桌。別忘記下蒜頭，一整顆，用汽水瓶蓋刮去尾部的細沙就可投入。喝時會發現蒜頭比肉美味。如果要求高些，當然要買最正宗、最好喝的新加坡「黃亞細」湯包，雖然比一般的價高，但是值得的。煲時除了排骨，可下粉腸及豬肝，豬腰則到最後上湯時灼一灼即可。

在家難於處理的是杏仁白肺湯，可給多點錢請肉販為你洗個乾淨。加入豬骨和杏仁進去煲，煲至一半，另取一撮杏仁用研磨機磨碎再加入。這麼一來，杏仁味才夠濃。

要湯味濃，也只有用這方法。像煲西洋菜陳皮湯，四五個人喝的分量，最少要用五斤的西洋菜，一半一早就煲，另一半打碎了再煲。肉最好是用帶肥的五花腩，煲出來油都被西洋菜吸去，不怕太膩。總之要以本傷人，煲出一大堆湯渣來也可當菜吃。

另一種一般家庭已經少煲的湯是生熟地湯。用大量豬肉豬骨，煲出黑漆漆的湯來，北方人一見就怕，我們笑嘻嘻地喝個不停，對身體又好。

跳出框框來個湯最好。當今的冬瓜盅喝慣了，已不覺有何特別，最近在順德喝的，不是把冬瓜直放，切開四分之一的口來做，而是把冬瓜擺橫，開三分之一的口；瓜口不放夜香花，而以薑花來代替。裡面的料是一樣的，但拿出來時扮相嚇人，當然覺得更是好喝了。

不過我喝過的最佳冬瓜盅，是和家父合作的。他老人家在瓜上用毛筆題首禪詩，我用刻圖章的刀來雕出圖案，當今已成絕響。

著著實實的一餐

昨夜友人請宴，在一家私房菜館，一共十位，買單，問說多少錢？一萬多港幣。鋪頭很小，只坐三桌人左右，人均消費要是沒有一千塊，怎麼做得下去？當今什麼都貴，也許有很多人覺得一萬多不算什麼，但是對我們這些錢是辛辛苦苦賺來的人來說，我們很尊敬每一塊港幣，我們對錢的觀念，不能像地產商那麼亂掉。

不過，問題還是吃些什麼，是否物有所值。

上桌的是阿拉斯加大蟹，用鵝肝醬來炒。當今賣得貴的餐廳，要是拿掉鵝肝醬、魚子醬和松露醬，菜就好像做不出來了。鵝肝醬當然不是法國佩里戈爾的，即使是上等貨，炒完也都黏在蟹殼上，二者已離了婚，怎會入味？夠膽的話，應該把蟹殼剝掉，肉味淡的阿拉斯加蟹，配上味濃的鵝肝醬，倒是可以的，但談不上驚喜。

越來越忍受不了這種搞排場的食肆，讓我著著實實，吃一頓舒舒服服、飽飽滿滿的吧。

「那麼你會去哪裡吃呢？」友人問。

今天我要介紹兩家餐廳給各位。一家開在堅尼地城，叫「富寶軒燒鵝海鮮酒家」。這家人本來做的就是街坊生意，來吃的客人互相打招呼，好像認識了數十年。合夥人之一的甘焯霖是甘健成的堂弟，從小在鏞記出入，知道燒臘部的大師傅馮浩棠退休了。馮浩棠做了四十多年，人還是那麼健壯，不做事多可惜，甘焯霖很尊敬地把這位大師傅請過來主掌燒臘部。

我聽到後，即刻和盧健生一家去試，發現棠哥的手藝越來越精湛，所燒的肥鵝一流，但售價九流，便宜得令人發笑。肥燶叉燒更精彩，比西班牙或日本豬肉更美味，一大碟，一大塊一大塊，塞入嘴中，有無比的滿足感。事前吩咐，可燒懷舊的金錢雞、乳豬、燒肉、雞雜、鴨雜，沒有一樣不出色。

滷水亦佳，肥鵝腸、掌翼、滷乳鴿，等等等等，多叫幾碟也無妨。出來吃飯，最不喜歡這省那省，有什麼就吃什麼，吃個夠，吃個過癮為止。

這裡的點心也好，師傅智哥是都爹利會館（米其林評為一星的粵菜館）出來的。小菜更有煎蛋角、蒸肉餅、炆斑翅等等。一般酒席菜也出色。

天氣一冷，這裡羊腩煲一流，總廚李信武當過「桃園」第一代總廚，對鮑參翅肚的古法烹調很有心得。與其他高級海鮮餐廳的不同，是價錢低。

吃過之後，再去了好幾次。有時友人一定要付帳，我也不和他爭，反正沒有什麼心理負擔，誰給錢都是一樣。

對甘焯霖有信心後，問還有什麼食肆可以介紹，要價錢合理，食物又有水準的。

「去『合時小廚』好了。」他說。

「有什麼來頭？」我問。

「是我的朋友茂哥開的。」

「在什麼地方做大廚？」

「不是主廚，他是個牙醫。本人很喜歡吃，一直說要開一家又便宜又好吃的餐廳，結果就在診所附近弄了這麼一間。你去試試，包你滿意。」

又即刻找上門去。原來開在西灣河，店面很小，走了上去，底層地方不大，樓上也只可坐幾圍桌。一問之下，知道客人都是一來再來。

有什麼吃的？經理林淑嬌說來一尾蒸馬友吧，剛從菜市場買來，又肥又大，價錢又合理。其實我喜歡吃馬友魚多過石斑魚，也不明白為什麼廣東人那麼愛吃又老又硬的斑類魚。店裡的人說你愛什麼海鮮，也可以自己帶來蒸，收個費用，和在鴨脷洲街市吃一樣。

馬友鋪上火腿和薑蔥，蒸得剛剛夠熟，好吃得很，但沒有驚喜。這家人不是給你什麼驚喜的，菜普通得很，像媽媽做的。

接著的咕咾肉是用山楂汁炒的，非常精彩。苦瓜炒蛋更是家常，勝在夠苦。苦瓜不苦，和羊肉不羶一樣，吃來幹什麼？

炸乳鴿我不喜歡，友人愛吃，也就要了。問味道好不好，都點頭。師傅叫黃永權，主掌「西苑」、「漢宮」等等，後來又遠赴德國四年才回流。

最愛吃他的生炒糯米飯，真的是從生炒到熟，一點也不偷雞（偷懶）和取巧。這頓飯吃得很滿意，隔天就帶倪匡兄去吃了，他也說好。

反對火鍋

湖南衛視的《天天向上》是一個極受歡迎的節目，主持人汪涵有學識及急才（臨機應變的能力）是成功的因素。他一向喜歡我的字，託了沈宏非向我要了，我們雖未謀面，但已經是老朋友。當他叫我上他的節目時，我欣然答應。

反正是清談式的，無所不談，不需要準備稿件，有什麼說什麼。我被問道：「如果世上有一樣食物，你覺得應該消失，那會是什麼呢？」

「火鍋。」我不經大腦就回答。這下子可好，一棍得罪天下人，喜歡吃火鍋的人都與我為敵，我遭輿論圍攻。哈哈哈哈，真是好玩，火鍋會因為我一句話而被消滅嗎？而為什麼當時我會衝口而出呢？大概是因為我前一些時間去了成都，一群老四川菜師傅向我說：「蔡先生，火鍋再這麼流行下去，我們這些文化遺產就快保留不下了。」

不但是火鍋，許多速食如麥當勞、肯德基等等，都會令年輕人只知那些東西，而不去欣賞老祖宗遺留給我們的真正美食。這是多麼可惜的一件事。

火鍋好不好吃，有沒有文化，不必我再多插嘴，袁枚先生老早就代我批評。其實我本人對火鍋沒有什麼意見，只是想說天下不只有火鍋一味，還有數不完的更多更好吃的東西等待諸位一一去發掘。你自己只喜歡火鍋的話，也應該給個機會讓你的子女去嘗試其他美食，也應該為下一代種下一顆美食的種子。

多數速食我不敢領教，像漢堡、炸雞翅之類的。記得在倫敦街頭，餓得肚子快扁，也走不進一家，寧願再走九條街，看看有沒有賣中東烤肉的。但是，對於火鍋，天氣一冷，是會想食的。再三重複，我只是不贊成一味吃火鍋，天天吃的話，食物便變成了飼料。

「那你自己吃不吃火鍋？」小朋友問。

「吃呀。」我回答。

到北京，我一有機會就去吃涮羊肉，不但愛吃，而且喜歡整個儀式。一桶桶的配料隨你添加，芝麻醬、腐乳、韭菜花、辣椒油、醬油、酒、香油、糖等等，好像小孩子玩泥沙般地添加。最奇怪的是還有蝦油，等於是南方人用的魚露，他們怎麼會想到用這種調味品呢？

但是，如果北京的食肆只有涮羊肉，沒有了滷煮，沒有了麻豆腐，沒有了炒肺片，沒有了爆肚，沒有了驢打滾，沒有了炸醬麵……那麼，北京是多麼沉悶！

南方的火鍋叫打邊爐，每到新年是家裡必備的菜，不管天氣有多熱，那是過年的氣氛。甚至到了令人流汗的南洋，少了火鍋，也過不了年。你說我怎麼會討厭呢？我怎麼會讓它消失呢？但是在南方天天打邊爐，一定熱得流鼻血。

去了日本，鋤燒（Sukiyaki）也是另一種類型的火鍋。他們不流行一樣樣食材放進去，而是一火鍋煮出來，或者先放肉，再加蔬菜、豆腐進去煮，最後的湯中還放麵條或烏龍麵。我也吃呀。尤其是京都「大市」的水魚鍋，三百多年來屹立不倒，每客三千多塊港幣，餐餐吃，要吃窮人的。

最初抵達香港適逢冬天，即刻去打邊爐，魚呀，肉呀，全部扔進一個鍋中煮。早年吃不起高級食材，菜市場有什麼吃什麼，後來經濟起飛，才會加肥牛之類的。到了二十世紀八十年代，最貴的食材方能走入食客的法眼。但是我們還有很多法國餐、義大利餐、日本餐、韓國餐、泰國餐、越南餐，我們不會只吃火鍋。火鍋店來來去去，開了又關，關了又開。代表性的「方榮記」還在營業，也只有舊老闆「金毛獅王」的太太，先生走後，她還是每天到每家肉檔去買那一隻牛只有一點點的真正的肥牛肉，到現在還在堅守。我不吃火鍋嗎？吃，「方榮記」的肥牛我吃。

到真正的發源地四川去吃麻辣火鍋，發現年輕人只認識辣，不欣賞麻，其實麻才是四川古早味，現在都忘了。看年輕人吃火鍋，先把味精放進碗中，加點湯，然後把食物蘸著這碗味精水來吃，真是恐怖到極點，還說什麼麻辣火鍋呢？首先是沒有了麻，現在連辣都無存，只剩味精水。

做得好的四川火鍋我還是喜歡，尤其是他們的毛肚，別的地方做不過他們，這就是文化了。從前有道菜叫毛肚開膛，還加一大堆豬腦去煮一大鍋辣椒，和名字一樣刺激。

我真的不是反對火鍋，我是反對做得不好的還能大行其道。只是在醬料上下功夫，吃到的不是真味，而是假味。味覺這個世界真大，大得像一個宇宙，別坐井觀天了。

愛恨分明

我愛恨分明，有點偏激，這個個性影響到我做人，連飲食習慣也由此改變。

舉個例子，說吃水果吧。香港人最愛喝橙汁，七百萬人口，每年吃兩億多公斤的橙。很多人至今還分不清什麼是橙，什麼是柑，什麼是橘。粗略來講，皮可以用手來剝的是橘或柑，要用刀來切的，就是橙了。

我吃這三種水果，非甜不可，有一點點酸都不能接受。數十年前，我第一次接觸到砂糖橘，真是驚嘆不已，甜得像吃了一口砂糖，故有此名。之後每逢天氣一冷，這種水果出現時，必定去買，一斤吃完又一斤，吃個不能停止。

印象深的一次是蘇美璐帶她六歲的女兒阿明到澳門去開畫展。在蘇格蘭小島長大的她，當然沒吃過砂糖橘，散步時買了一大袋帶回展場旁的龍華茶樓，坐在大理石桌旁，剝了一個又一個。她吃得開心，我更開心，但是很遺憾地說，那是最後一次吃到那麼甜的了。

絕種了嗎？也不是，反而越來越多。水果店之外，賣蔬菜的地方也出現，而且是非常漂亮的。從前的砂糖橘枯枯黃黃，沒有什麼光澤，個頭又小。當今的大了許多，黃澄澄的非常誘人，尤其是故意在枝上留一兩片葉子的。

看到了馬上剝開一個來吃，哎喲媽媽，酸得要吾老命矣。

到底是什麼問題，令砂糖橘變成醋酸橘？問果販，回答道：「像從前產量那麼小，怎夠大家吃？要多的話，每年拜年用的橘子長得又快又多，把砂糖橘拿來和拜年橘打種，就會長出這種健康的橘來！」

誰要吃健康？砂糖橘就是要吃甜的，嘆了一口氣。到了翌年，見到了，又問果販：「甜不甜？」

這是天下最愚蠢的問題，有哪個商人會告訴你：「酸的，別買。」問了又問，小販嫌煩，拿出一個，反正很便宜，說：「你自己試試看吧！」吃了，又是酸死人。一年復一年，死性不改，問了又問，希望在人間嘛。一試再試，吃到有些沒那麼酸的，已經可以放炮仗慶祝。

砂糖橘不行的話，轉去吃潮州柑吧。從前的很甜，也因產量問題，弄到當今的不但不甜，而且肉很乾，沒有水分。蘆柑也甜，或者吃台灣柑吧，有些還好，僅僅「有些」而已，不值得冒險。

一個友人說：「哎呀，你怎麼不會去買日本柑呢？他們以精緻出名，改變品種是簡單的事，不甜也會種到甜為止。」有點道理，一盒日本柑，比其他地區產的貴出十倍來，照買不誤。

拿回家裡，仔細地剝開一個，取出一片放入口中慢慢嘗。媽媽的！也是酸死人也。也許是產地的問題，找到日本老饕，問他們說：「你們的柑，哪個地方出的最甜？」

「沒有最甜的！」想不到此君如此回答，「柑嘛，一定要帶酸才好吃，不酸怎麼叫柑？」

原來，每個地方的人，對甜的認識是不同的，吃慣酸的人，只要有一點點的甜味，就說很甜。我才不贊同。他們說有一點酸而已，「而已」？已經比醋還酸了，還說「而已」？

有了這個原則，就有選擇，凡是有可能帶一點酸的，我都不會去碰。

絕對甜的有榴槤，從來沒有一個酸榴槤，最多是像吃到口香糖一樣，一點味道也沒有，但也不會酸。

山竹就靠不住了，很容易碰到酸的。

荔枝也沒有讓我失望過，大多數品種的荔枝都是甜的，除了早生產的「五月紅」。所以我會等到「糯米糍」、「桂味」等上市去吃，才有保證。

芒果就不去碰了，大多數酸。雖然印度的「阿芳索」又香又甜，泰國的白花芒亦美，但生產日子短，可遇不可求，就乾脆不吃芒果了。

蘋果也是酸的居多，我看到有種叫「蜜入」的青森蘋果才吃，中間黑了一片，是甜到漏蜜的。有些人不懂，以為壞掉了，還將它切掉呢。

水蜜桃更要等到八月後才好吃。要有一定的保證，那就是蜜瓜了，最好能買到一樹一果的，把其他的果實剪掉，只將糖分供應到一顆果實。

別以為我太過挑剔，我只是寧可不食罷了。如果水果要酸的，那麼我就吃檸檬去。泰國有種叫酸子（羅旺子）的，也不錯。不然來一兩顆話梅，我也可以照吃。只要別告訴我：「很甜，很甜，只帶一點點酸罷了！」

鮮

記得多年前在內地旅行時，常被友人請去一些所謂「精緻」餐廳，坐下來後，老闆或大廚就會問：「你知道還有什麼高價的食材嗎？」

即刻想起的是魚子醬、鵝肝醬和黑白松露，但當今也不算稀奇了。有時回答了也未必受欣賞，像我說藤壺時，西班牙已賣到像黃金一般貴了，對方聽了說：「那是我們叫的鬼爪螺吧，肉那麼少，剩下皮和爪，有什麼好吃？」

懶得和他們爭辯。西班牙的藤壺，大得像胖子的拇指，每一口都是肉，鮮甜無比，而且長在波濤洶湧的岩石之上，要冒著生命危險下去才採得到，數量也越來越少。不懂得吃最好了，不然很快有滅絕的可能性。

其實西班牙還有一種海鰻苗，在燒紅的陶缽中下橄欖油和大蒜，一把把撒進去，上蓋，一下子就可以吃。吃時要用木頭湯匙掏，否則會燙到嘴的，當今也賣得奇貴無比了。

其實我們吃的魚子醬也大多不是伊朗產的，鵝肝醬更是來自匈牙利，松露來自雲南。只管聽名字和價錢，沒有嘗到最好的，怎麼去解釋呢？

當年我在日本生活時，在蔬菜店裡也看到巨大的松茸，售價並不貴，那是來自韓國的，和日本產的香味不同。日本的只要切一小片放進土瓶中，整壺都香噴噴；韓國的一大根咀嚼，也沒什麼味道。

泰國清邁有種菇菌，埋在土底，也非常香，當然不貴，但要懂得去找。世界之大，更有無盡的物產，也不一一細述了。

我們拚命去發現外國食材，西方大廚卻開始來東方找，見到日本有種像青檸一樣大的小柚子，就當寶了，看到了大叫：「Yuzoo！」這個詞的發音是「yutsu」，西方人不會叫，就像他們把「tsunami」（海嘯）叫成「sunami」一樣，聽了真是好笑。這種日本柚子真的那麼美味嗎？也不是，普通得很。

近來他們最喜歡加的是我們的海鮮醬，叫成「hoisin sauce」，之前更大加蠔油，什麼菜都加，就說是好吃。其實都是用大量味精做的，他們少用味精，就覺得好吃。味精製出來的鮮味，他們也不懂，一樣驚嘆不已，又是大叫：「Umami！Umami！」這個「鮮」字他們不知道，覺得很新奇，其實料理節目最常出現了。

我們老早就知道「魚」加「羊」，得一個「鮮」字。魚加羊這道菜，在西洋料理中從未出現，覺得匪夷所思。其實海鮮和肉類一起炮製的菜最鮮，韓國人也懂得這個道理，他們煮牛肋骨（Karubi-Chim）的古老菜譜，是加墨魚去煮的，和我們的墨魚大烤異曲同工。

另一種豬腳菜，是把滷豬腳切片，用一片菜葉包起來，再加辣椒醬和泡菜，最後放幾顆大生蠔。這道菜吃起來當然鮮甜無比。韓裔大廚張錫鎬（David Chang）就喜歡把豬腳換成滷五花肉，用這方法做，令洋廚驚奇不已，連安東尼·波登（Anthony Bourdain）也拜服。

鮮已成為甜、酸、苦、辣、鹹之後的第六種味覺，我們吃慣了不覺得什麼，西洋廚子近年才開始接觸，不過認識尚淺，大部分廚子還是不去追求，以為崇尚自然才是大道理。

像當今大行其道的北歐菜，都是盡量不添調味品，這我並不反對，但是吃多了就覺得悶，用一個「寡」字來形容最恰當。

鮮味吃多了，也會「寡」的，像雲南人煮了一大鍋全是菌菇的湯，雖然很鮮很甜，但不加肉類的話，也有寡淡的感覺。

我們到底是吃肉長大的，雖然也知道吃素的好處，但只有在其中取得平衡，才是最美味的。不管是中菜或西餐，葷菜或齋菜，取平衡才是大道理。

大眾印象中最壞的，還是豬油。這完全是一個錯誤的觀念，我早就說豬油好吃，豬肉最香，大家都反對，我也給人家罵慣了，不覺什麼。

最近的醫學報告都證實了豬油最健康，人類應該多吃，但是如果天天把一大塊肥豬肉塞在我嘴中，也有被一個胖女人壓身上的感覺。

滷五花腩時，加海鮮才是最高明的烹調法，加上蔬菜，那更調和了。試包一頓水餃吧，單單以肥豬肉當餡，總會吃厭，加了白菜，就美了。但是像山東人一樣加海參、海腸，那就是鮮味的個中樂趣。

洋人也不是完全不懂的，像澳洲有道菜叫地毯包乞丐牛排（Carpetbagger Steak），就是把牛排中間開一刀，再將大量生蠔塞進去。最初的菜譜還加了紅辣椒粉，最新的做法是加伍斯特辣醬，上桌時將牛排架起，用一片肥肉培根包起來。另一做法是用萬里香、龍蒿、檸檬、酸子來醃製，最後跟一杯甜貴腐酒，完美。

在日本吃魚

日本人吃肉的歷史，不過才一三百年，之前只食海產，對吃魚的講究較其他國家多，理所當然。他們吃魚的方法，分切、燒、炙、炸、蒸、炊、鍋、漬、締、炒、乾、燻。做法並不算很多。

其他地方的人學做日本刺身，說沒有什麼了不起，切成魚片，有誰不會？但其中也是有些功夫的。像切一塊金槍魚，他們要先切成像磚頭一樣的一塊長方形，整整齊齊，再片成小塊，旁邊的都不要。一般壽司店還會剁碎來包成蛋捲飯糰。一流食肆是切成整齊的方塊後，再切長條來包紫菜，其他的丟掉。我們學做壽司，最學不會的就是這種丟掉的精神，一有認為可惜的心態，就不高級，就有差別了。

第二種方法是燒，也就是烤，最原始，不過也很講究。烤一尾秋刀魚，先把魚剖了，洗得乾乾淨淨，再用粗鹽揉之。大師傅只用粗鹽，切忌精製的細鹽。用加工過的細鹽，就少了天然的海水味。用保鮮紙包好，放在冰箱中過夜，取出後用日本清酒刷之，就能烤了。先用猛火，烤四分鐘後轉弱火烤六分鐘，完成。

第三種方法叫炙。從前是用猛火烤，當今都用噴火槍代之，這種火槍在餐具店很容易得到。為什麼要炙呢？用在什麼魚身上呢？多數是鰹魚。因為鰹魚特別容易染幼蟲，尤其是腹中，所以一定要用猛火來殺菌。步驟是洗淨後撒鹽，在常溫之下放置十分鐘，再沖水。然後用噴火槍燒魚肉表面，再放進冰箱，二十分鐘後拿出來切片。這是外熟內生，這種吃法叫做「tataki」。

第四種叫炸。所謂炸，只是把生變為熟，溫度恰好，不能炸得太久。所以只限用較小的魚，而且是白色肉的，味較淡的魚。油炸之前煨了麵粉，吃時蘸天婦羅特有的醬汁，是用魚骨熬成的。

第五種叫蒸。但日本人所說的蒸，只是煮魚或煮蛋時上蓋而已，並非廣東式的清蒸。

第六的炊，也就是用砂鍋炮製。多數是指米飯上面放一整尾魚，除了鮑魚或章魚之外，多數用魚，日本人叫做鯛魚。把白米洗淨，浸水三十分鐘，水滾，轉弱火炊七分鐘，再焗十五分鐘。焗時水分已乾，就可以把整尾抹上了鹽的魚鋪在上面，撒一大把新鮮的花椒，開大火，再焗五分鐘，一鍋又香又簡單的魚飯就大功告成。當然，如果用我們的黃腳鱲，脂肪多，一定更甜更香的。

第七的鍋，就是我們的海鮮火鍋。日本人並不把海鮮一樣樣放進去涮，而是把所有的食材一大鍋煮熟來吃，叫做「寄世鍋」。湯底用木魚（柴魚片）熬，除了魚，也放生蠔和其他海產，當然可加蔬菜和豆腐。

第八的漬和第九的締有點相同。著名的「西京漬」，是味道較淡的魚，加酒粕、味噌以及甘酒來漬。放冰箱三小時，取出，用紙巾抹乾淨，裝進一個食物塑膠袋揉，最後放在炭上烤。至於締，則是把魚放在一大片昆布上面，再鋪一片昆布，讓昆布的味道滲進魚肉中，才切片吃刺身。這個「締」字，與把活魚的頸後神經切斷，再放血的「締」又不同。日本人覺得活魚經過這個過程處理會更好吃，不過我認為這有點矯枉過正，吃刺身時也許有點分別，做起菜來就可免了吧。

第十是炒。日本人不講所謂「鑊氣」（粵菜講究「鑊氣」，指用猛火快炒食材，使之產生特殊香氣），他們的炒魚是把魚做成魚鬆。多數是將鮭魚和鱈魚蒸熟，去皮去骨，浸在水中揉碎，用紙巾吸乾水分，再放進鍋中加醬油炒之，炒至成魚鬆為止。

第十一的乾，就是我們的晒鹹魚了。下大量的鹽，長時間晒之，有時也只晒過夜，叫「一夜干」。

第十二的燻，是近年的做法。日本人從前只製乾魚，很少像歐洲人一樣吃煙燻的，當今已發明了一個血滴子般的透明罩，把煮熟的海鮮罩住，另用一管膠筒將煙噴進去。不像中國人，早就會在鍋底燻茶葉，蓋上鍋蓋做煙燻魚。

當今各國的野生海產越來越少，只有日本人學會保護，嚴守禁漁期，維持吃不完的野生海鮮。當然，他們的養殖和進口魚類是占市場的一大部分的。

在日本吃魚真幸福，如果倪匡兄肯跟我去旅行，可以在大阪的黑門市場附近買間公寓，天天吃當天捕捉的各種野生魚。而且算起港幣，價錢便宜得要命，他老兄要吃多少都行。

也不必像香港大師傅那樣蒸魚了。買一個電氣鍋子，放在餐桌上，加日本酒、醬油和一點點糖，再把喉黑、喜知次等在香港覺得貴得要命的魚，一尾尾洗乾淨了放進鍋中。魚肚的肉最薄，最先熟，就先吃它。喝酒。再看哪一個部分熟了，就吃哪一個部分。一尾吃完，再放另一尾進去，吃到天明。

義大利菜，吾愛

早在一九五四年，義大利餐廳「Sabatini」就開業了。當大家還不太會欣賞義大利菜時，Sabatini 的三兄弟更跑來香港，於帝苑酒店內開了一家分店，裝修依足羅馬式風格，用料精美，一直開到現在。餐廳不必翻新，也不覺陳舊，反而有一種古典味道，一想到正宗的義大利菜，也就想到 Sabatini。

二十世紀七十年代，經濟起飛，天下菜式都雲集香港，要吃什麼有什麼。義大利餐廳更多，因為中國菜與義大利菜始終最接近，家庭觀念亦相似。

這時的義大利食肆多是美國加州牌子的，賣的都是很一般、很大眾化的意粉、沙拉、比薩等，更注重健康，少油少鹽。有什麼義大利酒？哼哈，他們連格拉帕酒（Grappa）也沒聽過。

後來出現了一個「奇葩」，那就是「Da Domenico」。這家餐廳賣的是純正的義大利菜，叫一碟紅蝦意粉來吃就知道，完完全全的地中海海水味，好吃得「眉毛都掉下」。

原來一切食材都由羅馬空運而來，曾經聽國泰航空當年的老總陳南祿說過，這家店是義大利航線的大客戶，做了不少他們的生意。

食材貴，售價當然提高，但我有時覺得太不合理了，叫一尾鹽焗魚來試試，買單時簡直令人咋舌。老闆亞曆士大概在香港吃粵菜蒸魚時受到打擊，心理不平衡，非賣得比廣東佬的更貴不可。

但奇怪，投訴歸投訴，要吃真正的意菜，還是乖乖地跑回去光顧，一次又一次。

亞曆士的定價是有點道理的，同樣的食材，他們做出來就是不一樣，他是一個瘋狂的天才。

接著出現的餐廳有Paper Moon、Theo Mistral by Theo Randall、Kytaly、Grissini、Nicholini's、Fini's、Cucina、81/2 Otto e Mezzo Bombana等等，都試過，都一般。吃義大利菜唯有跑去義大利吃了，三星的也好，沒星的也好，那邊的除了正宗，價錢還便宜得令人發笑，在香港吃一餐，可在那裡吃幾頓。

最近常去的是一家叫「Giá Trattoria Italiana」的店，自稱「Trattoria」（飲食店），而不是「Ristorante」（餐廳），有點小館的意思，是親民的。

老闆兼大廚詹尼・卡普廖利（Gianni Caprioli）略肥胖，滿面鬍子，典型的義大利人，熱情如火，親切地招呼每一個客人。如果要找人翻譯，店裡有位叫Ryan的也對當地食材及菜式瞭若指掌。

詹尼來港甚久，愛上這個都市，在這裡落地生根，在星街也開了一家店，叫「Giando Italian Restaurant & Bar」，另有數間雜貨店。

在這裡吃是舒服的、飽肚的，三四位去吃，叫一份意粉，分量十足，老闆也樂意分數小碟讓每一個客人嘗嘗。

每逢假日及週末，有自助餐，初試的客人最好由此開始。

第一次接觸義大利菜的人當然首選帕馬火腿和哈蜜瓜，這個組合是完美無缺的，一吃便上癮。除了能在詹尼的店裡吃到，我們還可以去他的義大利超市購買，一走進去，簡直來到熱愛食物者的天堂。

吃過帕馬火腿之後，會追求品質更高的聖丹尼爾火腿（San Daniele），香氣和口感不遜西班牙產品。哈蜜瓜每週一由羅馬空運而來，甜度恰好，更比日本靜岡的來得自然。

紅蝦意粉店裡用一種較普通意粉細，但比天使麵粗的粉，吃起來沒有那麼硬，很像我喜歡的油麵，容易入味。用料也不吝嗇。如果你也愛吃，可在詹尼的超市買到一公斤裝的，每週一入貨。自己做，要下多少都行。

其他數不清種類的意粉，當然得配不同的醬汁，我們自己做起來費事，也不一定正宗，可買架子上的青醬（Pesto Sauce），味道多得不得了。我愛吃的羊肉醬（Lamb Ragu）也一包包等你去買。

友人李憲光最愛吃章魚，這裡粗的細的都有。大家以為章魚很硬，其實地中海的特別柔軟，在火上烤一烤，或者用橄欖油煎之，即可食。除了章魚，他們也賣小魷魚和小墨魚，同樣一點也不硬，而且香甜得要命。

另一種李憲光喜歡的食物是烏魚子。把意粉煮好，刨大量的烏魚子碎鋪在上面，不夠鹹可加魚露。以為烏魚子和魚露只有台灣人或潮州人吃，就大錯特錯了。各種貝類也齊全，用白酒煮開後加大量大蒜，香甜無比。做義大利菜，食材用得正宗的話，是很難失敗的。

再簡單點，在店裡買一盒 Conca 牌的馬斯卡彭軟芝士（起司），配有油漬的小鹹魚當小食，再來一杯 Grappa di Brunello di Montalcino，空肚子喝，即醉，是一個懶洋洋下午的開始。

「看你賣的價錢，你是有良心的。」我向詹尼說。

他走過來，緊緊地抱住我。

莆田

小時，我家隔壁住了一家福建人，他們一直教導我福建文化，讓我學會一口流利的閩南語；飲食上，更是仔細地分享各種道地的食物，令我對福建菜深深入迷。

長大後在各地住，很多食物都嘗遍，少的只是福建菜。說福建人不會做生意，倒也不是，當今在全國遍地開花的沙縣小吃，就證實了他們的成功。

閩南人尤其勤儉，他們認為與其去餐館吃，不如在家做，又便宜又好，所以在本地以外的地方，福建菜相對比粵菜、川菜少。

來了香港，一直想吃福建菜，但要找一家餐館都難，只有屈指可數的一些小食肆刻苦經營，所以我在二〇〇九年四月二日的《壹週刊》上寫了一篇文章，呼籲福建人來開餐廳，我當大力為之免費宣傳。

到了同年五月，一個叫方志忠的年輕人持了一封我的新加坡好友潘國駒的介紹信來見我，說想在香港開一間福建菜館。我聽了非常興奮，要求試菜時一定要叫我。

過了不久，方志忠果然打電話來，經練習又練習，他終於可以開業了。

餐廳叫「莆田」，原來在新加坡已開了多家分店，生意好得不得了，但方志忠說登陸香港，得從頭做起，非得小心不可。

吃了一大頓，咦，和一般閩南菜還是有分別的。原來福建省很大，各地方言各異，吃的當然不同。東西是好吃的，要怎麼才能在香港成功呢？方志忠問道。

我回答：「平」、「靚」、「正」是三個硬道理，不管做什麼菜，在哪個地方開店，只要死守住這三條，就永不會失敗。但所謂「平」，不是便宜那麼簡單，像要吃海中鮮，哪有不貴的？但價高價廉是相對的，比別家便宜，就是物有所值。「靚」

是好吃，地方乾淨光亮，也屬於「靚」。至於「正」，當然是正宗，不投機取巧。

方志忠一直遵守著這三條，默默耕耘，從二〇〇〇年第一家店在新加坡開業以來，培養了有素質的員工，一家開完才開第二家。當今，他在香港已經有八家店，全球有六十五家店了。

有什麼菜吸引了那麼多顧客？當然有他們的明星菜。先來一碟頭水紫菜。什麼是頭水紫菜？原來紫菜還分頭水、二水、三水，甚至到十二水。

每年秋冬交接時，正是一年一度的紫菜收穫期。第一次採割僅有七天的黃金採割期，這時的紫菜葉片極細嫩，產量極稀少，口味極鮮。頭次採割的紫菜稍一用力就能扯斷，接下來的韌性跟著增強，當然口感就差了。

莆田這地方有一望無際的紫菜養殖場，這裡也是方志忠的家鄉。他從莆田拿到最優質的貨源，在當造時撒上一點小魚，淋上特配的醬汁，就是一碟令人驚奇的好餸，百食不厭。紫菜的好處就是能夠晒乾，味道也不變，浸水後還原，和新鮮的一樣，這麼一來就全年都能夠吃到了。

接下來是福建三寶：莆田扁肉湯、百秒黃花魚和莆田滷麵。

扁肉湯是用豬肉打成極薄的皮，包成小雲吞。

百秒黃花魚，一人一尾不必爭，從離水到煮成，不會超過一百秒，這樣才能保持肉和湯的鮮度。

麵也可以用滷水汁來做嗎？滷只是福建人的叫法。實際是下豬油煸五花腩肉，再下發好的冬菇絲和生蛤肉爆炒。上湯沿鍋邊下，滾後加蔥油渣和生蝦，再下生麵，淋油，淋酒，關火上菜。試過的人無不叫好吃。最近他們還加了一道福建海鮮滷麵，麵中加了多種魚蝦，也很受歡迎。

「莆田」有種特別幼細的米粉，並不像一般漂過的米粉那麼雪白，帶著淺褐色。這種像頭髮粗細的米粉爆炒後也不會斷，特別容易吸收湯汁。它的製法純粹天然，太陽晒乾，這種製法已被列入非物質文化遺產。各位一試，便知道它的特別之處。當然，和一般閩南菜相似的也有傳統的海蠣煎，也就是潮州人所說的蠔烙和台灣人叫的蚵仔煎，但味道有微妙的不同。別的地方叫九轉大腸，這裡叫小腸。把小腸翻完又翻，像有九層重疊的感覺，吃起來也特別香，喜歡吃腸的朋友不容錯過。因在新加坡起家，「莆田」的菜單上少不了海南雞飯。在新加坡住久了，師傅也能掌握正宗的做法。

分店開多了，菜式也不斷地增加。方志忠看中了莆田養的鰻魚，創出泉水現煮之法。只放薑絲、枸杞和鹽，不加其他調味品，用泉水把鰻魚片燙熟上桌，湯鮮肉甜，魚皮嫩滑彈牙。

以鰻魚為食材的還有鐵板香煎，將鰻魚煎到魚皮微捲，魚肉泛金黃，只需撒上一點海鹽就令人吃個不停。方志忠知道錢是賺不完的，所以能一直保持著水準，又去開另一家分店了。

順德行草展

我的行草展，從第一場在北京榮寶齋開完後，接著是到香港榮寶齋、青島出版社，接下來的第四場到哪裡好呢？友人建議還是在珠江三角洲吧。好，就先到深圳、廣州和幾個大城市走一趟，考察展出地點的條件。

來到了順德，被當地朋友請去吃了一道叫鹹蛋黃灌肥燶叉燒的菜，就即刻決定下來，第四場在順德開。字一張賣不出也不要緊，有幾餐好的吃，已夠本。

順德以前去過好幾次，每回都是走馬觀花，做電視節目時也不過待三兩天。這趟借開書法展的名義，從二〇一九年七月二十七日到八月十一日，一共十五天，有足夠的時間讓我在開書法展之餘吃出一個精彩來。

首先介紹這道鹹蛋黃灌肥燶叉燒，從扮相上就深深地吸引著你，是聚福山莊構思出來的。將一支鐵筒插入一條半肥瘦的梅頭肉，灌入鹹蛋黃，再用古法把肉燒燶，切成一片片厚厚的肉，中間鑲著流出油來的鹹蛋黃。味道當然好到不能相信，上桌時眾客已「哇」的一聲叫出來，非吃不可。

在準備期間和開記者發布會時也去過幾趟，每次都有意想不到的菜式出現。有些是失傳的古菜；有些是創新中不古怪，甚於傳統的美味；有些是名聲已噪的菜餚。不過到了小店能吃到更好的，像那雙皮奶和薑汁撞奶，路經名店食時，奶淡如水，投訴後拿去再撞，撞了幾回也撞不凝固，不如小店裡自養水牛的奶汁。還有那貌不驚人的老薑，做出來的雙皮奶和撞奶，簡直是好吃到文字不能形容，各位要親自嘗試，才知道我講的是什麼。

在試吃各種美味之間，我也會盡量花一些心思，於傳統的食物中變出新花樣來。譬如說順德著名的鳳眼果，夏天剛是當造，傳統的做法是先將鳳眼果煲熟，與雞塊焗炒出香味，再燜出來。如果加上同類的栗子，又有什麼效果？我再添了大樹菠蘿（波羅蜜）的種子返去燜出三果來，吃客便會「咦」的一聲問道：「那是什麼？」

日本人叫這種不失傳統，但又創新的做法為「隱味」，像吃炸豬排時配上高麗菜。有家出名的炸豬排店的豬排特別好吃，原因在於把西芹絲混進去的「隱味」。

不過與吃一些著名的大菜相比，我還是喜歡粗糙的，受經濟條件所限時做出來的東西。像當今的「龍舟宴」，又用鮑參翅肚，又用雞鵝鴨，就不如把節瓜煮粉絲蝦米、豆角炒蘿蔔粒、鮮菇炒鯪魚丸之類的粗菜混入大鍋中的「一鍋香」好吃。這回去，就要去找這些來吃。

說到粗菜，上次去「豬肉婆」，弄出十幾碟大菜來，吃到最後，還是他們家做的油鹽飯最佳，幾個朋友各吞三大碗，面不改色。

去到順德，不吃河魚怎對得起老祖宗？上回去，有一家賣魚生（生魚片）賣得出名的店請我吃飯，魚生當今香港人已不太敢嘗試，不過人家吃了上千年的東西，淺嘗又何妨？

問主人家，魚油呢？回答說不賣了。什麼？那才是真正對不起老祖宗。從前我們吃魚生，還會添上一碟盡是脂肪的魚肥膏，我下回去，一定會要求來一碟。

豬雜粥也會去吃，一般的香港都有，「生記」做的也不會比順德人做的差，我去尋求的是豬雜的原始做法和精神。舉個例子，洗豬肚時要用芭樂葉子加生粉去淨餿味。還有那原汁原味的豬紅，順德人特別懂得炮製，吃了真是可以羨慕死政府禁止售賣血類製品的新加坡人。

海魚一養就遜色，河魚不同，可以養出和野生魚幾乎同味的河鮮來。順德人還有一種特別的養殖方法叫「桑基魚塘」，勤勞智慧的祖先們將漬水的地勢就地深挖為塘，用泥土覆了四周為「基」。基上種桑，用桑葉餵蠶，用蠶的排泄物飼魚，形成「桑肥蠶壯，魚大泥肥」的良性循環。當今珠江三角洲各地已見少賣少，只剩下順德還有一些。

魚肥不在話下，桑葉的美食有桑葉扎，是不傳承便會失去的點心之一。將各種時令蔬菜切丁，用鮑汁提鮮，再裹上桑葉汁製成的皮，翠綠可喜，別開生面。

「桑基蠶香」這道菜，將蠶繭、墨魚、夜香花、燒肉、淡口頭菜葉切碎，炒至焦香，裹以魚膠。表面蠶絲，用威化紙切成。

至於甜品倫教糕，我們怎麼做也做不過「歡姐」，在我的點心店賣，也只有向「歡姐」入貨，這是對當地美食的一種敬意。這回去了，聽到有些人說另外一家的比「歡姐」的好吃得多，更非去試不可。

一般客人對白糖糕的印象還只是停在「帶酸」的程度，不知應該是全甜的。希望能吃到更上一層樓的味道，再向他們入貨，這一點「歡姐」也不介意吧？

釀三寶沒什麼特別的地方，釀鯪魚卻能讓外國人驚嘆，做得好的餐廳不多，這次希望吃到最佳的。什麼是最佳，我不停地說，是比較出來的。

本來想把做好的資料一一告訴大家，寫到這裡，發現才說了十分之一，請各位耐心等待，我會再三細訴。

順德，我來也。

鹹魚醬的吃法

在疫情之下，許多公司和餐廳一間間停止營業，我反其道而行之，開了一家工廠，在香港專做醬料。除了鹹魚醬，還有菜脯醬、欖角醬等等，樂此不疲！

今天有雜誌來訪問我，希望我提供一些醬料的吃法，我想也不用想，腦海裡已經出現五花八門的菜式。

因為醬料是鹹的，最好是和淡的食材搭配，有什麼好過鹹魚醬蒸豆腐呢？這道菜在我的手下開的粗菜館中最受歡迎，做法簡單。用軟豆腐墊底，上面鋪上一匙匙的鹹魚醬，蒸個三五分鐘，即成。麻婆豆腐賣個滿堂紅，但這碟鹹魚醬蒸豆腐也另有風味。不蒸的話，就把豆腐用鍋鏟壓碎，亂炒一通，鹹魚醬的原料用得高級，自然又香又誘人，沒有不好吃的道理。

總之用淡的食材來炒就行。當今茄子當造，白的紫的都肥肥胖胖，拿來蒸個十幾分鐘，撈起，剝去皮，再用醬料來炒，拌飯吃也妙！

醬料做好後，我送了幾瓶給海外友人，其中一位在法國，就那麼拿來塗麵包，也說好吃無比。當然，法棍在法國就像我們的白飯，醬料淋在香噴噴的白飯上也行，什麼菜都不用炒了。

在義大利，朋友將醬料鋪在意粉上面，說做給義大利丈夫吃，丈夫也豎起拇指。義大利人一向用醃的江魚子來拌各種意粉，當然沒有馬友鹹魚那麼香，當然吃得慣了。不過這位先生還是要放很多芝士粉，說更美味。

想起來，我們的鹹魚醬就像他們的芝士，味道越濃，越覺得香。

鹹魚蒸肉餅一向是最傳統的家鄉菜，但到底最美味的是那塊鹹魚還是那塊肉餅？分開來吃各自為政，做成醬料拌在一起蒸，更是合適。若要求更多的變化，豬肉碎中還可以加些田雞肉，就更甜美了。口感方面，可加馬蹄碎、黑木耳絲，很有嚼勁。

「生死戀」這道菜是用新鮮的魚和鹹魚一塊蒸，用鹹魚醬來代替，愛得更濃。

炒青菜的變化也多，最美味的是用蝦醬來炒空心菜，吃厭了可以用鹹魚醬來代替，濃味不減，反而有了細膩的香氣。不炒空心菜的話，炒菜心、炒芥藍都行，以我的經驗，炒時加一小匙砂糖，就更惹味（味道好）了。

峇拉醬炒空心菜，南洋人叫做「馬來風光」；鹹魚醬炒空心菜，可以叫做「懷念香港」。

更簡單的是用管家做的麵，這位朋友做的生麵用塑膠紙包著，一團團加起來成一噸，一噸噸賣。但喜歡的人太多，怎麼做也不夠賣。

他製麵真的有一套，麵很容易煮熟，但煮久了也不爛。我向他說不如製成乾麵，他要求嚴格，一次次地試做，兩年後終於研究成功，當今做的乾麵有多種種類。

我最喜歡的是他做的龍鬚麵，細得不得了，水滾了放下去煮，四十秒就熟。想更有嚼勁，二十秒就撈起，有義大利人所說的「al dente」的口感，翻譯成中文是「耐嚼」的意思。

龍鬚麵煮二十秒，撈起，再用鹹魚醬來拌，是我常吃的早餐。

有時炒飯，沒有香腸或蝦，其他食材也都缺乏時，我會將冷飯炒熱，等到飯粒都會跳起來時，打兩個蛋進去。讓蛋液包住飯粒，待呈金黃色，再炒幾下，加鹹魚醬進去，其他什麼調味品都不下，味道已經足夠。

把順德菜變化，像他們的煎藕餅，下鹹魚醬煎之，也是新的吃法。

我們做的欖角鹹魚醬，用的是最好的增城欖角。欖角這種東西最惹味了，但來歷不明的欖角用來或會有點擔心，我們採用的是喜叔供應的。與喜叔的交情從他開創「喜記炒辣蟹」開始，也有數十年了。他做得非常成功，在家鄉增城買了多畝地種橄欖，用他生產的欖角最放心了，他精選過後才拿來給我。

欖角醬的吃法也變化無窮，最基本的是蒸魚。便宜的淡水魚味道不夠濃，最適宜用欖角來蒸。做法簡單，把小販剖好的鯪魚沖洗乾淨，鋪些薑絲，再淋一兩匙欖角醬，蒸個五分鐘即成。

菜脯醬是另一種很受歡迎的醬料，就這麼吃，口感極佳，清清爽爽，最能殺飯。做起菜來，馬上想到的是菜脯煎蛋。鍋熱了下幾匙菜脯醬，它本身有油，連油也不必下了，等到油燙冒煙，打兩三個蛋進鍋。蛋要生一點的話，即刻撈起進碟，怕太生則可以煎久一點，等到有點發焦，就更香了。

單身女子家的冰箱裡，除了化妝品之外，什麼都缺，有時可以找到一個被遺忘的洋蔥，也能做一碟好菜。只要有鹹魚醬、菜脯醬或欖角醬，把洋蔥炒熟就行。

做各種醬給諸位吃，都是為了替大家省去麻煩，複雜起來就失去原意，鼓勵大家就這麼吃好了，什麼都不必加。但用醬料來做上述各種菜式，男朋友一定會感嘆你是一個好廚娘！

鏞鏞

鏞記自從第二代傳人甘健成去世後，有些家庭糾紛，入稟（上訴）法院，被判清盤。客人以為清盤就是倒閉，其實這是處理財產糾紛的最佳方法：把物業做一個估計，平均分配。

至今，所有問題都得到公正的解決，老鏞記繼續由甘健成的弟弟甘琨禮接手，可有一個新的出發點了。第三代後人一直想往外發展，第一間餐館在機場初試，但地點偏遠，營業時間又不是全天候的，故沒起到什麼作用。

現在時機到了，K11人文購物藝術館想打造全城最高級的商場，把鏞記這個老字號納入，給予最適宜的位置。從洲際酒店那個方向進入，在商場正門上電梯，千萬別從瑰麗酒店上來，兩家酒店在商場的一頭一尾。

新餐廳取了一個可愛的名字，叫「鏞鏞」，英文名為「Yung's Bistro」。Bistro有小館的意思，但鏞鏞地方甚大，總面積有五千三百平方英尺（約一百四十九坪），加上一個兩千多平方英尺的露台，對著中環，景色是一流的。香港天氣一直像夏天，在外面喝杯雞尾酒後進食，或飯後來根雪茄，甚為理想。

吃的方面呢？一般和老鏞記的餐牌沒什麼不一樣，加上十二道「嘗回憶風味」菜餚，有原隻燒鵝髀、堂煎荷包雞蛋、流心西施炸蝦丸、蟹肉金瓜焗蟹缽、老陳皮潑水翅、燴烏刺參、鴛鴦遠年陳皮牛肉、家鄉梅菜扣腩肉、手撕煙燻童子雞、禮云子蛋清配兩口飯、童年大白兔糖奶凍等。

當晚和友人夫婦專程去試新菜，認識我的人都知道我吃東西不多，只是淺嘗，所以沒叫太多菜。到了鏞記，不吃燒鵝怎行？要了燒鵝腿，二百九十元，炸蝦丸二百元，陳皮牛肉三百元，禮云子蛋清配兩口飯三位三百九十元，梅菜扣肉三百二十元。沒喝酒，加上礦泉水八十元，連加一小費，一共花了一千七百三十八塊大洋，人均消費五百七十九點三三元。

這價錢，在那麼高級的地點，在全新裝修的餐廳，比起吃西餐，是公道得不得了的，較日本的「omakase」（參閱244頁〈淺嘗〉）更是便宜得令人發笑。這一餐吃得很值得。

這完全是相對的。在老鏞記，一盒叉燒飯外賣約六十五元，堂食九十元，客人就有微詞。尤其是叉燒這種東西，一長條有時斬到半肥瘦就好吃，全瘦的部分就嫌硬。這和燒鵝相同，每逢鵝肉香軟的季節，怎麼燒都好吃，過了之後有時就太硬，這又是讓人投訴的原因。

新店鏞鏞乾脆用鵝腿，這個部位怎麼燒都好吃，下次去叫這道菜好了。

至於價錢，有很多餐廳分中餐和晚餐兩個價格。這有點混亂，新鏞記用的是全日菜單（All Day Menu），統一起來反而公道。另外，在下午兩點至五點半的非繁忙時段，他們也供應一個點心餐牌，更是吃得輕鬆。

說回老鏞記，它已是香港具代表性的地標餐廳了，從馬來西亞、新加坡等地來的遊客，都要前來品嘗，客人還是源源不斷的。

有沒有米其林星級呢？這一點鏞記倒不在乎，而且所謂星級，是外國人的標準，和本地食評格格不入。我到歐洲，當然相信他們的評語，但是在亞洲，可以不必聽從，而且他們也沒有辦法說服我。

舉個例子，我就不相信他們吃過鏞記八樓的「嘗真」菜，要不然他們一定會驚嘆不已。我也是要遇到隆重的場合或特別的節目才去，剛好最近收了乾兒子和乾媳婦，便又到八樓吃一頓。

在這裡，除了上契（認乾親）宴，也有拜師宴可以舉行。當年甘健成很注重這些禮節，也照足古老習俗舉辦這一類的饗宴，其他餐廳都不懂得。

這傳統一直保留下來，當天的上契宴上有「蘭亭宴」，擺設上五種小吃：清酒非洲鮑、椒鹽海參扣、蜜汁金錢雞、白灼豬心蒂、素心石榴雞。

鮑魚用的是一頭裝的罐頭，不必加料，就那麼切開，也有獨特的香味。與其吃硬得像石頭的所謂乾鮑，我寧願吃這種罐頭鮑。海參扣就是海參的肺，爽爽脆脆，十分美味。金錢雞當然用古法製作。豬心蒂雖然是不值錢的豬心臟血管，但處理困難，變成了高級菜。石榴雞是素的。

其餘的菜有「雁塔題名」、「衣缽相傳」、「妙筆生花」、「平步青雲」、「名揚四海」等等，菜名取吉利之意，都是花功夫仔細分析得來的。有蒸星斑、紅燒鵝掌和大花菇、蒸灼鵝腸、炸新竹米粉淋上麻婆豆腐、竹笙包露筍火腿絲、蒸荷葉飯等等。

當然少不了一上桌就讓所有客人難忘的「二十四橋明月夜」，由金庸小說中得到靈感，是甘健成和我所創。把一隻火腿削半，用電鑽挖出二十四個洞，填入豆腐再蒸八個小時，這是只能在八樓吃到的菜。

當然還有各種吃不完的佳餚。除了上契和拜師，各種禮節的儀式，當今在香港也只有鏞記留下了，它可以全部依足傳統擺設，並教你怎麼完成。

大家都問我吃這一頓要多少錢，人均消費是一千五至一千八百元。這個價錢，你跟朋友吃西餐或日本料理，怎麼吃也不會「哇」的一聲叫出來。試試看吧！

大班樓的歡宴

在一個懶洋洋的下午，我們去了大班樓。這次本來是想補請鍾楚紅，為她做生日的，她生日那天叫了我去，沒告訴我是什麼聚會，到了才知道，太遲，沒帶禮物。今天有她的友人傅小姐、特雷莎和珍妮，以及大班樓店主夫婦，總共七位。這種人數剛好，人太多了，話題總是太散。

太陽映照在半透明的玻璃窗上，氣氛柔和，有點似曾相識之感。傅小姐帶來的餐酒總是有水準，數支二〇〇七年「賓維呂．巴塔．蒙哈謝」白酒和二〇〇八年香頌酒莊「香貝丹．貝日」特級園紅酒，都是我愛喝的。

友人常問：你不是不喜歡餐酒的嗎？你不是說所有的餐酒都是酸的，而你是最討厭酸的嗎？好的餐酒一點也不酸，照喝，今天有非喝醉不歸的預想。酒好，菜呢？

葉一南一早預備的頭盤，是凍滷水花椒小吊桶。小吊桶就是小魷魚，胖人手指般粗，當今在香港已很少見。大廚每天在鴨脷洲等漁船回來，船一靠岸立即收購，小魷魚用凍滷水浸夠味，掃上自製的花椒油上桌。

味道當然不錯。我們一邊吃還一邊聊，說日本人捕捉到小魷魚後也即刻扔進一大桶醬油內，將其餵飽。餵滷水也行呀，或用其他醬汁，也許有更多的變化，大家都拍手同意。

另一道冷盤是陳皮牛肉。陳皮不易入味，葉一南說試了兩年，發現配牛肉最佳，帶些甜味更好。說到陳皮，我前些年帶傅小姐到九龍城的「金城海味」進了一大批，她說下次店裡不夠用，我們自己吃時，她可以提供。

阿紅一向酒喝得不多，今天也暢飲，臉紅紅的，更是好看。

接著上的是鹹檸檬蒸蟶子，用的是葉一南去大孖醬園時發現的二十年前的醬油，他全部買了回來。經過時間累積的醇厚味道就是不同，簡簡單單地用來蒸鯉子，不錯不錯。

跟著上的鹹魚臭豆腐，原料是李大姐的手筆，她是製作豆滷發酵臭豆腐的僅存者，製品與用化學方法製作的當然不同。師傅搓爛臭豆腐，加入上好的鹹魚、馬蹄、蔥花，捏回方塊炸成。

知道阿紅最環保，反對吃魚翅，這一餐什麼鮑參翅肚都沒有，黑松露、魚子醬等也禁絕。葉一南說，中國的好食材一生一世都用不完。

酒喝多了，阿紅說起她在香港演藝界的生涯，前後不足十年，但也拍了五六十部電影，有些還是在黑社會挾持下日夜開工的，累得站著也可以睡著。辛酸雖不少，但她總以輕鬆的口吻敘述，惹得大家哈哈大笑。

這時主菜才上。蟛蜞膏豆仁琵琶蝦是用雌性小蟛蜞的卵做成。蟛蜞卵在蟛蜞體內叫膏，成熟後才成為禮云子，產量極少，味奇鮮。

接下來剁椒鹹肉蒸龍躉頭上桌。大班樓用自己發酵的剁椒——辣椒加鹽加蒜，發酵十幾二十天即成，味道很好，配上鹹肥肉絲、欖角來蒸大魚頭。旁邊有水餃，其實作為配料的紅油抄手做得更好吃。

樟木煙燻鴨需特別預訂，用的是體形細小的黑腳鴨，肉很嫩。將雞、鴨、鴿子、鵝肉中廣東廚子叫做「下欄」（禽畜肉類中品質較次的部分）的部分蒸出汁來，比上湯更濃。黑腳鴨用它來醃一夜入味，然後慢火蒸四個小時，迫出一大半油來。這時才用真正的樟木慢慢燻，這個步驟是急不得的。最後用大火焗香鴨皮。

阿紅建議煙燻時可加米飯，煙味可更濃一些，來補救味道過淡的缺點，葉一南也細聽了。

今天的晚宴，也是為了慶祝葉一南和他太太的新婚。這一對佳偶拍拖已拍了二十年，他們剛好在二十年前參加過我的旅行團，當時我不知他們是不是夫婦，也不便去問，後來才知道是情侶。我一直覺得婚姻是一個野蠻的制度，但他們這個例子更適合「佳偶天成」這四個字。

大家所談，都是數十年間的事。阿紅已故的先生，也是我從小看到大的，今天聊起，似是昨日事。

剩下的是魚湯腐皮豆苗。美人們非吃蔬菜不可，我已太飽，再也吃不下了，但看到蟹肉櫻花蝦糯米飯，還是連吞數口。

最後的甜品是每天現磨的杏仁茶，還有不太甜的山楂糕、杞子糕和綠豆蓮蓉餅。

糖水則是綠豆加臭草做的。

這一餐，完美得很。主要是人好，話好，食物好。那斜陽的光線，現在想起，令人覺得像是在繪畫老師丁雄泉家裡。阿姆斯特丹當然沒有大魚大肉，有的是簡簡單單的煎蔥油餅，但一樣歡樂，一樣難忘。

買單時，說是葉一南請客，謝謝他了。

最有營養食物一百種

ＢＢＣ除了報導新聞，亦製作很多高品質的紀錄片，所報導的資料極為嚴謹，絕對不會亂來。最近，他們做了一個調查，從一千種食材中選出一百種對人體最有營養的。從尾算起，排行如下。

第一百種：番薯。第九十九種：無花果。第九十八種：薑。第九十七種：南瓜。第九十六種：牛蒡。第九十五種：抱子甘藍。第九十四種：青花菜。第九十三種：花椰菜。第九十二種：馬蹄。第九十一種：哈密瓜。第九十種：梅乾。

第八十九種：章魚。第八十八種：紅蘿蔔。第八十七種：冬天瓜類。第八十六種：墨西哥辣椒。第八十五種：大黃。第八十四種：石榴。第八十三種：紅醋栗，又叫紅加侖。第八十二種：橙。第八十一種：鯉魚。第八十種：硬殼南瓜。

第七十九種：金橘。第七十八種：鯧鯵魚。第七十七種：粉紅鮭魚。第七十六種：酸櫻桃。第七十五種：虹鱒魚。第七十四種：河鱸魚。第七十三種：菜豆。第七十二種：紅葉生菜。第七十一種：韭蔥。第七十種：牛角椒。

第六十九種：綠奇異果。第六十八種：黃金奇異果。第六十七種：葡萄柚。第六十六種：鯖魚。第六十五種：紅鮭。第六十四種：芝麻菜。第六十三種：北蔥。第六十二種：匈牙利辣椒粉。第六十一種：紅番茄。第六十種：綠番茄。

第五十九種：西生菜。第五十八種：芋葉。第五十七種：皇帝豆。第五十六種：鰻魚。第五十五種：藍鰭金槍魚。第五十四種：銀鮭魚，生長於太平洋或湖泊中。第五十三種：翠玉瓜等夏天瓜類。第五十二種：海軍豆，又名白腰豆。第五十一種：大蕉（非洲蔬菜，長得像香蕉，但味道一點都不像，似木薯，非洲人當馬鈴薯吃）。第五十種：豆莢豆。

第四十九種：眉豆。第四十八種：牛油生菜。第四十七種：紅櫻桃。第四十六種：核桃。第四十五種：菠菜。第四十四種：歐芹。第四十三種：鯡魚。第四十二種：海鱸魚。第四十一種：大白菜。第四十種：水芹菜。

第三十九種：杏。第三十八種：魚卵。第三十七種：白魚，即白鮭。第三十六種：芫荽。第三十五種：羅馬生菜。第三十四種：芥末葉。第三十三種：大西洋鱈魚。第三十二種：牙鱈魚。第三十一種：羽衣甘藍。第三十種：油菜花。

第二十九種：美洲辣椒。第二十八種：蛤蛤類。第二十七種：羽衣，與羽衣甘藍相近，又是不同的種類。第二十六種：羅勒，又名金不換、九層塔。第二十五種：一般辣椒粉。第二十四種：冷凍菠菜（冷凍菠菜的營養不會流失，故排名高於新鮮菠菜）。第二十三種：蒲公英葉（Dandelion Greens）。第二十二種：粉紅色葡萄柚。第二十一種：扇貝。第二十種：太平洋鱈魚。

第十九種：紫甘藍。第十八種：香蔥。第十七種：阿拉斯加狹鱈。第十六種：狗魚。第十五種：青豆。第十四種：橘子。第十三種：西洋菜。第十二種：芹菜碎，將芹菜晒乾或抽乾水分，營養較新鮮的高。第十一種：歐芹碎，同道理。第十種：魚。

第九種：甜菜葉。第七種：瑞士甜菜。第六種：南瓜子。第五種：奇亞籽。第四種：鯿魚、比目魚、左口魚等各類的魚。第三種：尖吻鱸。第二種：番荔枝。第一種：杏仁。

這都是有根有據的科學分析和調查，絕對可靠，但是我們做夢也沒有想到杏仁那麼厲害，怎麼可以跑到第一位來？今後要多吃杏仁餅了。

第二位的番荔枝也出人意料。這種台灣叫做釋迦的水果從前只在泰國吃過，當今各地都種植，澳洲產的又肥又大，皮平坦的不好吃，一粒粒分明的才行。

大家都認為含有Omega-3脂肪酸（一組多元不飽和脂肪酸，常見於深海魚類和某些植物中，對人體健康十分有益）的紅鮭魚只排在第六十五位，而西洋人也不贊成生吃，他們都要吃煙燻過的，或者煮得全熟的。青花菜或花椰菜也不是那麼有營養，排在第九十三位至第九十四位。

「大力水手」吃的菠菜，新鮮的只排在第四十五位，反而是冷凍過後再翻熱的排在第二十四位，營養極高，但不如排在第十八位的蔥。

至於我們東方人的主食大米，根本不入流。米飯的營養價值極低，我們可以放心吃個三大碗。但米飯當今大家都少食，不如選擇最好的五常米、蓬萊米、日本米，貴一點也無所謂了。

對了，在排行榜上，你會發現沒有第八位，那就是我最喜歡的豬油了。這種一直被誤解的食材，原來是那麼有營養的，比什麼橄欖油、椰子油或其他各類植物油都有益，更不必說牛油或魚油了。

當然，我們不贊成一有營養就拚命吃，各類食材都吃一點點，營養才均衡。而有什麼比吃沒營養的白飯，淋一點豬油來撈的更好呢？

滿足餐

休息期間瘦了差不多十公斤，不必花錢減肥了。當今拍起照片來，樣子雖然老，但不難看。

為什麼會瘦？並非因為病，是胃口沒以前那麼好了，很多東西都試過，少了興趣。

年輕時總覺得不吃遍天下美食不甘心，現在已明白，世界那麼大，怎麼可能吃遍？而且那些幾星的餐廳，吃一頓飯幾個鐘頭，一想起來就覺得煩，哪裡有心情一一試之！

當今最好的當然是「comfort food」，這個聰明透頂的英文名詞，至今還沒有一個適當的中文名。有人嘗試以「慰藉食物」、「舒適食品」、「舒暢食物」等等稱之，都詞不達意。我自己說它是「滿足餐」，不過是拋磚引玉，如果各位有更好的說法，請提供。

近期吃的滿足餐包括倪匡兄最嚮往的肥燶叉燒飯，他老兄最初來到香港，一看那盒飯上的肥肉，便大喊：「朕滿足也。」

很奇怪，簡簡單單的一種BBQ，天下就沒有哪個地方做得比香港好。叉燒的做法源自廣州，但你去找找看，廣州有幾間餐館做得出？

勉強像樣的是在順德吃到的，那裡的大廚到底是基礎打得好，異想天開地用一支鐵筒在梅頭肉中間穿一個洞，將鹹鴨蛋的蛋黃灌進去再燒出來。切成塊狀時，樣子非常特別，又相當美味，值得一提。

叉燒，基本上要帶肥，在燒烤的過程中，肥的部分會發焦，在蜜糖和紅色染料之中帶有黑色的斑紋，那才夠資格叫做叉燒。一般的又不肥，又不燶。

廣東華僑去了南洋之後學習重現，結果只是把那條梅頭肉上了紅色，一點也不焦，完全不是那回事，切片後又紅又白，鋪在雲吞麵上，醜得很。但久未嘗南洋雲吞麵，又會懷念，是種「美食不美」。「美食不美」也成為韓裔名廚張錫鎬主演的紀錄片的名字。

在這紀錄片中，有一集是專門介紹ＢＢＱ的，拍了北京烤鴨，但還沒有接觸到廣東叉燒，等有一天來香港嘗了真正的肥濃叉燒，才會驚嘆不已。

這些日子，我常叫肥濃叉燒的外賣，有時加一大塊燒全豬，時間要掌握好，在燒豬的那層皮還沒變軟的時候吃才行。

從前的燒全豬，是在地底挖一個大洞，四周牆壁鋪上磚塊，把柴火拋入洞中，讓熱力輻射於豬皮上，才能保持十幾個小時的爽脆。當今用的都是鐵罐形的太空爐，兩三個小時後皮就軟掉了，完全失去燒肉的精神。

除了叉燒和燒肉，那盒飯還要淋上燒臘店裡特有的醬汁才好吃。該醬汁與潮州滷水又不同，非常特別，太甜太鹹都是禁忌，一超過後即刻作廢。

中國人講究以形補形，我動完手術後，迷信這個傳說的人都勸我多吃豬肝和豬腰。當今豬肉漲得特別貴，但內臟卻無人問津，叫它膽固醇，我向相熟的肉販買了一堆也不要幾個錢。我請他們為我把腰子內部片得乾乾淨淨，豬肝又選最新鮮，顏色淺紅的，拿回家後用牛奶浸豬肝，再白灼，實在美味。

至於豬腰，記起小時家母常做的方法，沸一鍋鹽水，放大量薑絲，把豬腰整個放進去煮。這麼一來煮過火也不要緊，等豬腰冷卻撈出來切片吃，絕對沒有異味，也可當小吃。

當今菜市場中也有切好的菜脯，有的切絲，有的切粒，浸一浸水避免過鹹，之後就可以拿來和雞蛋一起煎菜脯蛋了。簡簡單單的一道菜，很能打開胃口。

天氣開始轉冷，是吃菜心的好時節。市場中有多種菜心出現，有一種叫遲菜心的，又軟又甜，大大一棵，樣子不十分好看，但是菜心中的絕品。

另一種紅菜心的梗呈紫色，加了蒜蓉去炒，菜汁也帶紅，吃了以為加了糖那麼甜。但這種菜心一炒過頭就軟綿綿的，色味盡失，雜炒兩下子出鍋可也。

大棵的芥藍也跟著出現。我的做法是用大量的蒜頭把排骨炒一炒，入鍋後加水，再放一湯匙的普寧豆醬，其他調味品一概無用，最後放芥藍進去煮一煮就可上菜，不必煮太久。總之菜要做得拿手全靠經驗，也不知道說了多少次，不是高科技，失敗兩三回一定成功。

接著就是麵條了，雖然很多人說吃太多不好，但這陣子我才不管，盡量吃。我有個朋友姓管名家，他做的乾麵條一流，煮過火也不爛。普通乾麵煮三四分鐘就非常好吃，當然，下豬油更香。最近他又研發了龍鬚麵，細得不能再細，水一沸，下一把，從一數到十就可以起鍋，吃了會上癮。

白飯也不能少，當今是吃新米的季節，什麼米都好，一老了就失去香味。米一定要吃新的，越新越好，價貴的日本米一過期，不如去吃便宜的泰國米。

當然，又是淋上豬油，再下點上等醬油，什麼菜都不必有，已是滿足餐了。

別怕，醫學上已證明豬油比什麼植物油都更有益，儘管吃好了，很滿足的。

第三章

瘟疫流行的日子

活在瘟疫的日子

「自我隔離的這段時間做什麼好呢？」很多網友都問。

「有什麼好過創作？」我回答。

「但我們都不是什麼藝術家呀！」

「不必那麼偉大，種種浮萍，也是創作。」

在鋼筋大廈的森林中，浮萍去哪裡找？說得也是，不如把家裡吃剩的馬鈴薯、洋蔥和蒜頭統統拿來浸水，一天天看它們長出芽來，高興得很。好在我年輕時在書法上下過苦功，至今天天可以練字，越寫越過癮，每天不動動筆，全身不舒服。寫呀寫呀，天又黑了。寫好的字拿到網路上拍賣，也有人捧場。玩個痛快，替網友們設計簽名，中英文皆教。也不是自己的字好，而是看不慣年輕人的鬼畫符（指潦草難認的字跡），指導一下，皆大歡喜。

微博這一平台不錯，網友我一個個賺來，至今也有一千多萬個粉絲。本來一年只開放一個月，讓大家發問，這次困在家裡，就無限制了。年輕人問問苦惱事，一一作答，時間也不夠用。

喜歡的電影是什麼？早已回覆。當今問的是音樂，這方面我甚少涉及，就大做文章，從我喜歡的歌手開始，每人介紹一曲，引起了網友們對這個人的興趣，就去聽他們別的作品。

勾起很多回憶，像我剛到香港時的流行曲，是一首叫〈Sealed With a Kiss〉的歌，由布萊恩・海蘭（Brian Hyland）唱出，那是一九六二年的事了。這段日子這首曲子不停地在我腦海中出現又出現，也不管他人喜不喜歡，就介紹了。

很多人的反應是低級趣味，又嫌是老歌，怎麼說都好，我才不管，喜不喜歡是我的事。如果年輕人細聽，也會聽出當年的歌星都經過丹田發聲的訓練，歌聲雄厚，不像現在的歌星唱一句吸一口氣，像癆病患者多過演唱者。

大家躲在家裡時，我還是照樣上街，當然不可妨礙到別人，口罩是戴上的。一回到車上即刻脫掉，不然會把自己悶死。鍾楚紅來電說聚會，到了那裡才知道是她過生日。多少歲我不問，反正美麗的女人是不會老的。請我吃飯最合算，我吃得不多，淺嘗而已。酒照喝，也不可能像年輕時那樣一喝就半瓶烈酒。一說喝酒，又想起老友倪匡兄，他最近得了一個怪病，腿部長了一顆腫瘤，動了手術。

他老兄樂得很，說是一種很奇怪的病，只有專家看了才知道是種皮膚癌，普通的醫生還以為是濕疹。我本來想請他把病名寫給我，後來覺得無聊，也就算了，反正這是外星人才會染上的，說也無益。

這段時間最好是叫外賣，但我寧願自己去取，打包回來慢慢吃。常去的是九龍城的各類食肆，偶爾也想起小時候吃的味道，就爬上皇后街一號的熟食檔，那裡有一攤子賣豬雜湯，叫「陳春記」，非吃不可。

老太太已作古，當今由她女兒和女婿主掌，味道當然不可能一樣。早年的豬肚是把水灌了又灌，灌到肚壁發脹，變成厚厚的半透明狀，爽口無比。做這門功夫的肉販已消失，總之存有一點點以前的痕跡，已算有口福。

店主還記得我雖喜內臟，但不吃豬肺，便改成大量的豬紅。想起新加坡有一食檔也賣豬雜，挑戰我說他們的產品才是最正宗的，我不服氣去試。一看碗中物，問豬紅在哪裡，對方即刻啞口無言。原來新加坡政府是禁止人民吃豬血的，不但豬血，雞血、鴨血什麼血都不可以賣，這怎麼做出正宗的豬雜湯來？

接著到隔幾家的「曾記粿品」，這裡除了韭菜粿之外，還賣椰菜粿，那是高麗菜包的。可惜沒有芥藍粿。想起當年媽媽最拿手，結果去菜市場買了幾斤芥藍，自己做，在家裡重溫家母美食的味道，樂融融。

做菜做出癮來，什麼都試一試。我最愛吃麵，尤其是黃色的油麵，拿來炒最佳，可下雞蛋、香腸、豆芽和蝦炒之。把家傭的那瓶印尼甜醬油（Kecap Manis）偷過來淋上，不必下味精也夠甜。說起這甜醬油，最好還是買商標有隻鵜鶘的 Bango 牌的，其他的不行。

說到炒麵，又有點子，可以號召網友們來個炒麵比賽，得獎的送一幅字給他們。這麼一來，花樣又多了。這段時間又重遇毛姆（William Somerset Maugham）的小說，不只《月亮與六便士》（The Moon and Sixpence）、《剃刀邊緣》（The Razor's Edge），還有其他繁多的作品，統統搬出來看，又有一番新滋味。還有連續劇和舊電影，看不完的。日子怎麼過？太容易過！

疫情中常吃的東西

瘟疫流行這段日子，鎖在家裡，做得最多的事當然是燒菜了。

蔬菜炒來炒去，炒得最多的是菜心和芥藍，幾乎天天吃。天還熱，長不出甜美的芥菜，不然我也甚喜歡吃。夏天當然是吃瓜最妙，我常炒絲瓜，粵人聽到「絲」，認為其音似「屍」不吉利，改稱之為「勝瓜」。勝瓜也是我吃得最多的。

提起勝瓜，就想到澎湖產的，其味濃，又香甜，但量很少，貴得像海鮮。香港的沒那麼好，可以烹調法補之。怎麼炒？先刨去外皮，切成大塊的三角形備用，另一邊把蝦米用滾水浸泡，水別丟掉，留著等下用。另外泡粉絲，有時間用冷水，沒時間用熱水。

鍋熱下油，把蒜頭爆香，下擠乾水的蝦米。記得用高級貨，否則不香不甜。把蝦米爆香後，就可以放絲瓜去炒了。絲瓜會出水，但不夠，可以撥開絲瓜加浸蝦米的水，然後把粉絲放進去，怕味精的人可以加一點糖，下魚露當鹽，上鍋蓋。過個兩三分鐘，菜汁被粉絲吸掉，再翻炒兩三下，便能起鍋，一碟美好的炒絲瓜就完成了。多做幾次就拿手，不是很難。

說到下糖，有許多人不喜，說甜就甜，鹹就鹹，哪裡可以又甜又鹹的？吃慣上海菜的人一定不怕，他們的料理多是又鹹又甜還要又油的。

用同樣的炒法可以炮製水瓜，還有葛類。把沙葛切絲後炒之，又甜又美。不這麼炒，可下雞蛋煎之。還可炒苦瓜，一半生苦瓜，一半焯過的苦瓜。或用鮮蝦來炒，或下大量黃豆煮湯，記得放些潮州鹹酸菜來吊味，沒有的話用四川榨菜片也行。加點排骨，是很好的夏天湯水。

簡單的紅燒肉吃久了未免單調，做個紅燒肉大烤吧。所謂大烤，就是加墨魚進去煮。鍋中放水焯五花肉，墨魚洗淨備用。下油熱鍋，加些薑蓉、小米椒煸炒，待煸出油後放墨魚、五花肉翻炒。加花雕、老抽，小火燜四十分鐘，加冰糖大火收汁，完成。

什麼？又鹹又甜不算，還要又魚又肉？是的，海鮮和肉一向是很好的配搭，韓國人也知道這個道理。在做紅燒牛肋骨時，最道地的方法也是加墨魚進去。

海鮮是海鮮，肉是肉，一般不肯嘗試的人總跳不出這個方格，無法去到飲食的新天地。

海鮮加肉最易炒了，韓裔美國大廚張錫鎬的餐廳「Momofuku」的名菜，就有一道是把豬腳燜了，切片，用生菜包著，裡面有泡菜、辣椒醬、麵豉醬、蒜頭、紫蘇葉。最厲害的是加生蠔，一加生蠔，這道菜就活了。我最近常用這個方法來做菜，可以殺飯。

生蠔入饌的美食還有澳洲的地毯包乞丐牛排，一大塊牛排，用利刀橫割一個洞，將生蠔塞進去再煎，這是我唯一欣賞的澳洲本土料理。

最近經常做的還有各種義大利菜。我發現分域碼頭的義大利超市「Mercato Gourmet」之後，便經常去。裡面有數不盡的義大利食材，價錢十分公道，買來自己做，比上餐廳便宜多了。

最基本的義大利食材是意粉，那麼多的選擇，哪種最好？各人有各人的口味，我喜歡的是一種扁身的乾麵，叫「Marcozzi di Campofilone」，下了大量的雞蛋製作。水滾了下點鹽，煮個三四分鐘即熟，味道好得不得了，不知道比大量生產的美式乾意粉好吃多少倍。

醬汁當然由自己調配最佳，店裡也賣各種一包包現成的醬，義大利廚師親自做的，最正宗不過。我喜歡的是一種羊肉醬，買回來加熱後淋上，方便得很。在餐廳吃的意粉多數下太多的芝士，只有義大利人才愛吃。

醬汁之中，沒有比下禿黃油（用蟹膏蟹黃製成的醬料）更豪華的了，連義大利人吃了也豎起拇指。店裡也賣各類烏魚子，不比台灣的差，大量地刨在意粉上面，吃個過癮。

一條條的章魚鬚是冰鮮真空包裝的，打開後煎一煎就可以切開來吃，一點都不硬。但最好的是買到新鮮的小墨魚，每個星期一入貨，在下午買些回來，煎一煎即可以吃，鮮甜得不得了，簡直可以吃出地中海的海水味道來。

頭盤來些帕馬火腿，一百克好了。再在店裡買一個義大利哈蜜瓜，比日本來的清甜，又便宜得多。吃出癮來，再切一百克豬頭肉下酒。

那麼多種橄欖油，不知道哪一種最好，就由店員推薦好了。店員推薦了一瓶「Frescobaldi Laudemio」，的確不錯。認清了牌子，不會再買錯了。

番茄的種類很多，有些樣子的在香港罕見。我介紹大家一種黃顏色，個頭比乒乓球小一點的，甜得可以當水果吃。

最後我還買了一大罐大廚自己做的雪糕（冰淇淋），下大量新鮮雞蛋，滑如絲，拿回家裡剛好融化，勝過自己做了。

算帳時看到架上有雪茄，是美國演員克林・伊斯威特（Clint Eastwood）在西部片中常掛在嘴邊的那種，粗糙得很，但也有說不出的風味，扮扮牛仔英雄，非常好玩。

玩瘟疫

瘟疫流行這段時間，悶在家裡，日子一天天白白度過，雖然沒有染病，也被瘟疫玩死。不行！不行！不行！總得找些事來做，與其被瘟疫玩，不如玩瘟疫。

飲食最實在，一般的做菜技巧我都能掌握，但從來沒做過雪糕，我最愛吃霜淇淋，也就做了。時間還剩下很多，再下來玩什麼呢？

玩繪畫

天氣漸熱，扇子派上用場，不如畫扇吧，一方面用來送朋友，大家喜歡，一方面還可以拿出去賣，何樂不為？

畫至此，還找到一些工具。那是一塊木板，上面有透明塑膠片，可以把扇面鋪平，然後上螺絲，把扇面夾住，就可以在上面寫字和畫畫了。

好在還跟馮康侯老師學過寫字，老人家說：「會寫字有很多好處，至少題自己的名字，也像樣，不然畫得再怎麼好，一遇到題字，就露出馬腳。」

我現在已會寫字，再回頭學畫，可以說是按部就班。向誰學畫呢？當今宅於屋，唯有自學，有什麼好過從《芥子園畫傳》中取經呢？

小時看這本畫譜，覺得山不像山，石不像石，毫無興趣。當今重讀，才知道李漁編的這冊畫譜大有學問，是繪中國畫的基本範本，利用它可以學習用筆、寫形、構圖等等技法，體會古人山水畫的精神。

也不必全照書中樣板死描。有了基本功，再進行寫生，用自己的理念和筆法去表現，就事半功倍了。

學習書法和繪畫，都要經過一番苦功，也就是死記了。死記詩詞，自然懂得押韻；死記《芥子園畫傳》，慢慢地，畫山像一點山，畫水像一點水，山水畫自然學得有一點模樣。

成為大師，須窮一生的本領，但只是娛樂自己，畫個貓樣也會哈哈大笑。

我喜歡的是樹。書上關於各種樹的畫法都有仔細介紹，按此描摹，畫一棵大樹，再在樹下畫一個小人，樹就顯得更大了。

小人有各種姿態，像「高雲共片心」，是抱石而坐；「臥觀《山海經》」，是躺在石上看書；「展席俯長流」，是在石上看水；「雲臥衣裳冷」，是睡在石上看雲。寥寥數筆，人物隨著情景活了起來，樂趣無窮。

玩工廠

這段日子，最好玩的是手工作業。

香港人手工精巧，窮困時代就有人造膠花工業、紡紗工業等等。逐漸地，我們依靠大型工廠，小工廠搬到了其他地方。這都是因為地皮貴，迫不得已。

但是我們有手工精細的優良傳統，工廠搬到別處之後，空置房屋多了，租金相對變得便宜。這令我想到，不如開一間工廠來玩玩。二十多年前，我開始在香港手製「暴暴飯焦」、「暴暴鹹魚醬」等等產品，甚受歡迎。後來廠租越來越貴，唯有搬到內地去做。鹹魚在內地難找高級的原料，雖然繼續生產，但是我自己覺得不滿意，一直想改進。疫情之下，工廠的租金降低，這讓我有復活這門工藝的念頭。

想了又想，要是不實行的話，念頭再好也沒有用。一、二、三，就開始了。找到理想的廠房，又遇上理想相同的同事，我們一點一滴開始設立小型工廠。

先到上環的鹹魚街，不惜工本地尋覓最高級的原料。鹹魚這種東西，像西方的乳酪，牛奶不行，怎麼做也做不出好的來。我們用的是馬友魚，這種魚又香又肥，最適合醃鹹魚。我們堅信不用最好的是不行的。

馬友魚雖然骨少肉多，但一般的鹹魚拆下來，最多也只剩下六成的肉。用馬友魚製造的鹹魚醬，不必蒸也不必煎，開罐即食，非常方便，淋在白飯上，或者用來蒸豆腐，或者配合味淡的食材，都可以做成一道美味的菜餚。對生活在海外的遊子來說，更可醫治思鄉病。

我們配合以往的經驗，從頭開始，在最衛生的環境下，不加防腐劑，手工做出最貴、最美味的醬料來。

工廠的一切按照政府的衛生規定設立，這麼一來才能通過檢查，也可以獲得出口認證，將產品銷售到內地去。這一切，都經過重重努力。

產品當今已做好，我很驕傲地在玻璃罐上貼了「香港製造」的標籤。

現在已逐漸小量地推出。因為原料費高，又不可能賣得太貴，加之我不想被超市抽去百分之四十的紅利，目前只能在網路上賣。或者今後找到理想的條件，再到各個點去零售。總之，這是一件很好玩的事。

我不會被瘟疫玩倒，我將玩倒它。

玩大菜糕

童年時，南方的孩子都吃過大菜糕，有些混了帶顏色的果汁，有些只打一顆雞蛋，煮得變成雲狀，是我們的回憶。

我現在想起，都會跑到九龍城衙前塱道友人開的鋪子「義香豆腐」買。本來很方便，但對方堅持不收錢，去多了我也不好意思，只有自己做。

最容易不過了。市面上賣各種大菜糕粉，煮熟了不放冰箱也會凝固，親自做起來，總覺得比店裡的美味。但不動手又不知其難，以前買了大菜糕粉，泡了滾水，就以為會結凍，但永遠是水汪汪的，不成形。原來大菜糕粉沒有完全溶解，失敗了。

又不是火箭工程，我當今做的大菜糕相當美味，樣子又漂亮，其實只是多做了幾次，多失敗幾次罷了。

先買原料。從前的雜貨鋪都賣比粉絲更粗的大菜絲，煮開了即成。現在大家不自己做，雜貨店也不賣了。

到處去找，也必須正名。香港人以粵語叫成「大菜」，台灣人受福建影響，叫成「菜燕」（吃起來有窮人燕窩的感覺），傳到南洋，也叫菜燕，有時又倒過來叫成燕菜，總之慣用了就是。

大菜糕在日本則叫寒天，原料叫天草，做成一平方英寸（約六平方公分）的長條，近年則多以粉末來出售。本來洋人不會用，近年也開始入饌了，叫的是印尼文「Agar-Agar」（瓊脂、洋菜）。當今這名詞已成為國際性的叫法，去到外國食品店，用這個名字不會錯。

Agar-Agar 粉很容易在印尼雜貨鋪找到，泰國雜貨鋪也賣特級菜燕，但沒有外文說明，怎麼做只能靠經驗。

除了香港的蛋花大菜糕之外，我最常做的是泰國的椰漿大菜糕，上面是一層白色的，下面是綠色的。以為做起來麻煩，原來非常容易。

買一包印尼的「燕球商標」牌燕菜精，再把不到一升的水煮滾，下一整包燕菜精，必須耐心地等到燕菜精全部溶解才能成功。

沸時順便煮香蘭葉，水會變成綠色。要是買不到新鮮的香蘭，只有下香蘭精了。

這時就可以下椰漿。新鮮的難找，買現成的紙包裝或最小罐的罐頭椰漿倒入，順便加糖攪拌。糖要加多少隨你，怕胖就少一點。

必須注意的是椰漿不能煮滾，一滾椰油就跑出來，有股難聞的油味，忌之忌之。這時就可以放入冰箱冷卻。很奇怪，椰漿和大菜的分子不同，就會浮在表面，也不會因為混了香蘭汁而變綠。上下分明，大功告成。你試試看吧，這是最容易又難失敗的做法，連這種功夫也不願花的話，到店裡買好了。

一成功你就會發現一個天地，可進一步做芒果奶凍和紅豆大菜糕。原理是一樣的，書上說的用多少大菜糕粉和多少紅豆，都是多餘的，全靠經驗。有時過軟，有時太硬，做了幾次就能掌握，總之是熟能生巧。

比例試對，硬度掌握之後，食譜就千變萬化了。別以為只能吃甜的，鹹的大菜糕也十分美味。

鹹的大菜糕一般用的是啫喱粉（果凍粉），即由豬皮或牛骨中提煉出來的原料，屬於葷菜。大菜是用海藻提煉，屬於素的，這點要分清楚，別讓拜佛人吃了罪過。鹹的大菜糕混入肉汁，牛的、魚的都行，凝固後切成小方塊，加在魚或肉上面，增添口感。

也可以添入雞尾酒，像是把香檳酒倒入切成小方塊的茉莉花大菜糕中，這是何等高雅！

加水果更是沒有問題。大菜榴槤你吃過沒有？我最近就常做。買一個貓山王，吃剩了幾顆，取出榴槤肉，混入忌廉（鮮奶油）做大菜糕，香到極點。

至於用花，最普通的是桂花糕了。到南貨店去買一瓶糖漬桂花，加上大菜，放進一個花形的模子裡面，做成後上面再放幾顆用糖熬過的杞子。

越做越瘋狂。有時我把幾種不同的凍分幾層，最硬的香蘭大菜糕放在最下面，上面一層櫻桃啫喱，另一層用什麼都不加的愛玉子。這是台灣的一種特產，帶有香味，可以買粉末狀的來做，最好是由愛玉種子水浸後手磨出來的。它最軟，可以放在最上層，最後加添雪糕。

夏天盛產夜香花，本來是放在冬瓜盅上面吃的東西，也可以用糖水焯一焯，待大菜凝固之前，把一朵朵夜香花倒頭插入，最後翻過來扣在碟子上。這時夜香花像星星般怒放，看了捨不得吃。

包餃子

疫情時期，大家閒在家裡發悶，我倒是東摸摸西摸摸，有許多事可做，嫌時間不夠用。消磨時間的方法之一是包餃子。包餃子包括包雲吞、包小籠包、包義大利小餃子等等，數之不盡，玩之無窮。

一般應該從擀皮開始，我知道用粗棍子把皮的邊緣壓薄一半，合起來才是一張皮的厚度，煮完熱度剛好。但我這個人粗暴，性子又急，不介意買現成的皮來包。

到菜市場的麵攤去買，五塊十塊錢，就可以買到一疊，拿回家就可以開始製餡了。自己做有個好處，就是喜歡什麼做什麼，超市買來的冷凍品永遠不能滿足自己的口味。

主要的食材是肉碎，去肉販處買肥多於瘦的豬肉，包起來才又滑又香，加上切細的韭菜或蔥，就可以開始包了。為求口感的變化，我會加入拍碎的馬蹄、黑木耳絲，咬起來才脆脆的，甚為過癮。若市面上找不到馬蹄，可用蓮藕代之，沒那麼甜而已。最後添大量的大蒜，拍扁後切碎。

調味通常用鹽，沒有信心的人可加味精，騙自己則撒雞粉，其實也是味精。我不知道為什麼大家那麼害怕味精，只不過是從海草中提煉出來的東西，不撒太多也應該不會口渴，但我心理上總是覺得這樣做菜太取巧，自己是不加的。我甚至連鹽也不撒，打開一罐天津冬菜，即可混入肉中，也已夠味。

各種食材要混得均勻，可戴個塑膠透明手套搓捏，我覺得又不是打什麼牛肉丸，不必摔了又摔，食材不爛糊，帶點原形更佳。

怎麼包呢？我年輕時在首爾旅行，首次吃水餃，那裡的山東人教我，將皮邊緣塗些水，雙手一捏，就是一顆。當然，折邊更美。如果再要求美觀，網路上有許多短片，教你五花八門的包法。

我嫌煩，包給親友吃還可以多花功夫，自己吃就隨便一點。最快的方法還是買一個義大利的餃子夾，放入皮，加餡，就那麼一夾，即成。

這是包餃子專用的小工具，雲吞的話還是手包方便。看到雲吞麵鋪的師傅拿一根扁頭的竹匙，一手拿皮，一手舀餡，就那麼一捏，就是一顆，但自己永遠學不會。

當然喜歡北方的薺菜羊肉餃，或學上海人包香椿，但我要有變化才過癮。只用肉還是單調，最好加海鮮，通常我包的一定有些蝦肉。也不必學老廣（一般指廣東人）一定要用河蝦，海蝦也行，太大隻的話，可拍扁碎之包餡。

如果在菜市場看到有海腸，我也買來加入餡中。青島人最喜歡以海腸為餡，不然就是海參、海蠣、海膽，什麼海鮮都可以拿來包。我有時豪華一點，還用地中海紅蝦呢。

去到日本，不常見水煮餃子，他們所說的餃子，就是鍋貼而已。用大量的高麗菜，下大量的蒜頭，他們的餡就是那麼簡單，所以吃完餃子，口氣很重。

到拉麵店去叫餃子，不夠鹹，但他們是不供應醬油的，一味是醋。說到這裡，我是一個總不吃醋的人，所以在拉麵店很少叫餃子，我最多點義大利陳醋，它帶甜，還可以吃得下。

餃子傳到義大利後，做法也變化無窮。最成功的是他們的「Tortellini」（義大利雲吞），一顆顆像鈕扣那麼大，我們的怎麼做都不肯做得像他們的那麼小。味道也真不錯，如果你愛吃芝士的話。功夫花多了，賣價也是我們水餃的好幾倍。

他們怎麼包呢？先擀好一層皮，用帶齒的小輪切成方塊，再把餡一點一點放在上面，捲成長條，再把左右兩頭一捲，蘸點水，貼起來，即成。樣子與我們包的一模一樣。義大利媽媽才肯下那麼多功夫，經過三星級大廚一包，更讓所謂美食家驚嘆不已。我認為這是笨蛋做法，偶爾食之則可。

水餃、鍋貼都應該是平民化的食物，沒什麼了不起，填滿肚子就是。北方人還不咬嚼，一下子吞入，吃個五十顆，面不改色。

拜賜於超市，當今水餃已是一包包冷凍了賣，煮起來也方便，不必退冰，就那麼直接拋進滾水中就是。用三碗水煮法：水沸，下一小碗冷水；再沸，下另一碗；三沸，下第三碗。第四次水滾時，水餃就熟了。

我們自己包餃子，吃不完也可以放在冰格（冷凍庫）中，根據自己的食量分成小包。雲吞的話，我可以吃二十顆左右。水餃皮厚，我只能吞八顆，每次八顆八顆分開放進膠袋，丟入冰格中就是。

買了那個義大利餃子器之後，我一有空就包餃子。本來想按照丁雄泉先生的做法，下大量長蔥，包起來像山東大包那麼巨型，但是用餃子器只能包小的，長蔥也用不上。改用青蔥，切蔥之後，拌以大蒜碎，撒點鹽和味精，其他什麼都不加。一個個包好後，吃時把平底鍋加熱，下油，一排一排地擺好，加點麵粉水在鍋底，上蓋，煎至底部微焦時，起鍋。一排排的蔥油鍋貼上桌，好吃又漂亮，你有空不妨做做看。

自製雪糕

瘟疫時期不能旅行，困在家裡，日子一天天地浪費，實在不值。

這不是辦法，我每一天都要創作才覺得充實，所以我每天寫文章，至少也要練練書法，或向熟悉新科技的友人學習新知識。

每天要做的還有上菜市場，看看有什麼最新鮮的蔬菜和肉類，向小販們請教怎麼做，然後將菜式一樣一樣地變出來，每餐都是滿足餐。

總之，每天都學習，每天都創作，日子就變得充實，也可以告訴自己，對得起今天了。

最近天氣轉熱，想到吃雪糕。大家都知道我是一個雪糕迷，市場上有什麼新款的，都會買回來吃。哈根達斯的雪糕，家裡冰箱中常有，但是吃了一點也不滿足，它最好的產品是日本做的「Rich Milk」，因為把牌子賣給了日本製造商，准許他們自創。日本公司做的這種雪糕，牛奶味濃厚到極點，還有一種紅豆的也非常好吃。但這些大量製造的雪糕滿足不了我，還是手製的好。

至今為止，我吃過最好吃的雪糕，是網友波麗安娜（Pollyanna）親自做給我的，軟綿得似絲似棉。忽發奇想：為什麼不自己做呢？在這段日子裡，除了可以消磨時間，還能享受到自己喜歡的口味。

思至此，即刻動手。

雪糕的製作原理，是把牛奶和忌廉混合，放進一個大鐵桶裡面，桶外用大量的冰包圍著，越冷越好。再將牛奶和忌廉攪拌，久而久之，就變成雪糕。這是我們小時候向小販買的最原始的雪糕。

明白了原理之後，我到店裡去買了一個雪糕機。所謂雪糕機，是一個有厚壁的桶，把這個桶放進冰箱的冰格中，凍它一夜，才可以拿出來用。

將牛奶和忌廉放進桶內，雪糕機的另一個部分是電動攪拌器，在不停地攪拌之下，牛奶和忌廉越來越稠，加上桶壁是冰冷的，雪糕就慢慢地形成了。

為什麼一定要加忌廉呢？

「忌廉」這個詞由「cream」音譯，加上一個「冰」（Ice）字，就是雪糕，就是冰淇淋。

忌廉是什麼東西？忌廉其實是牛奶的皮，把牛奶打發之後，浮在上面的那層濃稠的東西就是忌廉了，做霜淇淋不能缺少。

忌廉打發之後，裡面就充滿泡沫，便會變得軟綿綿。根據這個原理，忌廉加上雞蛋黃打出來，用篩網隔出細粒和雜質，雪糕就更香了。這是歐洲式的雪糕的做法，美國式的是不用雞蛋的。

買了這個雪糕機，每次做完沖洗起來，非常麻煩。這時，它又像其他攪拌機、研磨機、切碎機、榨汁機一樣，被堆在雜物房中，從此不用。

這時才開始發覺手製的好處。如果不用雪糕機，能不能做雪糕呢？又不是火箭工程，失敗幾次就能成功，我開始用最原始、最簡單的材料和手法來親手製作雪糕。

忌廉是缺少不了的，在任何超市都能買得到。這是第一種原料，另外一種是煉乳，什麼牌子的都行，香港人熟悉的是壽星公煉乳。

用手把忌廉拚命打發之後，發現它越來越濃稠，這時加一罐煉乳進去，再打發均勻，放進一個容器拿到冰格冷凍。凍個半小時之後，開始成形，這時又拿出來攪拌，再次冷凍。重複三次，就可以不用雪糕機自製雪糕。

不過，你如果連這種簡易的方法都嫌煩的話，以我自己製作雪糕的經驗，有一種不會失敗又不用雪糕機、最簡便的做法。

你需要的當然有最基本的忌廉，加上煉乳，充分拌勻之後，放進一個密封袋中。密封袋買品質最好的佳能牌（Glad）的好了，它有雙重的鎖緊功能，不會漏出去。如果用低品質的，一漏出來就一塌糊塗，前功盡棄。

先用一個小袋，倒入忌廉和煉乳，封緊之後，放進一個大袋裡面，同時加入大量的冰塊，最後封緊。再死命大力地搖晃，不能偷懶，搖了再搖，再搖後又再搖，搖至小袋中的忌廉和煉乳開始硬化。這時，你的自製雪糕就完成了。

做法一樣，但材料千變萬化。加進抹茶粉，就能做抹茶雪糕；加入豆腐，就能做豆腐雪糕。全憑你的想像力，天馬行空。

只要你一動手，就會發現自製雪糕原來可以如此簡單；等到你加入種種你喜歡的食材，就會發現自製雪糕原來可以如此美味。想吃硬一點的，就要搖晃久一點；要吃軟雪糕（霜淇淋）的話，更是省下不少工夫。

開始做吧！

大家一起自製雪糕！祝你成功。

家中酒吧

瘟疫一定會過去，過去之後，第一件事就是去旅行。旅途中入住酒店，當然會去酒吧喝上一兩杯。坐了下來，面對酒保，叫些什麼才好，有許多人還是搞不清楚。

最容易要的是一杯「海波」（Highball）。那是什麼？威士忌加冰加蘇打水，就是了。而當你揚揚得意時，酒保老兄問你要怎樣的威士忌，就會把你問啞。這時候看看架子上擺的，只要你認識任何一種，指著就是。但也要強記幾個牌子，不然會把白蘭地當威士忌，就會出洋相。

喜歡旅行的人，吃完晚餐總會到酒吧泡泡，知道怎麼叫一兩杯雞尾酒是基本常識。最普通的，就是詹姆士・龐德（James Bond）常喝的乾馬丁尼（Dry Martini）了，跟著來的是他吩咐酒保：「搖晃，不是攪拌。」這是他喝這種雞尾酒的常用指示。不過在《007首部曲：皇家夜總會》（Casino Royale）中，酒保問他要搖晃還是攪拌時，他回答說：「你他媽的以為我在乎嗎？」

「劉伶們」（「竹林七賢」之一，嗜酒，被稱為「醉侯」）總希望家裡有個酒吧，現在不能出門，是創造自家酒吧的最佳時期。這是你自己的酒吧，不必跟著大家走，喜歡喝什麼酒，就多買一點，創作自己的雞尾酒。

如果想要做一杯曼哈頓（Manhattan）雞尾酒，威士忌就要選美國的波本（Bourbon），而不是英國的蘇格蘭（Scotch）。兩份或兩盎司（一盎司約為二十八克）的波本，加一份或一盎司的甜苦艾酒，再加一兩滴苦精（蒸餾酒中加入香料及藥材浸製而成的飲品，通常用來幫助消化，或治療肚子痛），一般常用的是安格斯特拉（Angostura），很有獨特的個性，酒吧不能缺少。最後加上糖浸的櫻桃，攪拌而成。

而詹姆士・龐德喝的乾馬丁尼則是用琴酒（Gin）做底。琴酒分成兩大派，酒保會問你要什麼琴酒，如果你講不出，就是門外漢。英國派以坦奎麗琴酒為代表，你回答說「Tanqueray」就不會出錯，而且非常正宗。另外一派則以蘇格蘭西部所出產的亨利爵士琴酒為代表，你回答說「Hendrick's」，酒保也會對你俯首稱臣。家中的琴酒，一定得藏這兩種。如果你的琴酒是英人牌（Beefeater），那就平凡了。這是基本知識。

「Dry martini」中的「dry」，並不代表「乾」，而是「少」，一般的乾馬丁尼是兩份琴酒，加一份乾味苦艾酒（Dry Vermouth）混合而成。

喝乾馬丁尼的酒鬼，通常是酒精越多越過癮，那麼乾味苦艾酒就不必加一份，把它倒入冰中，搖晃幾下，把多餘的倒掉，剩下那麼一點點，再用它來搖晃攪拌琴酒。我常說一個笑話，今天重述一次：天下最「dry」的乾馬丁尼，是喝著琴酒，用眼睛望一下架上的那瓶乾味苦艾酒，如果望了兩下，就不夠「dry」了。

你的酒吧中，一定要藏的乾味苦艾酒有：Dolin Dry、Quady Winery Vya Extra Dry、Ransom Dry、Channing Daughters VerVino Variation One、Contratto Vermouth

Bianco 和 Martini & Rossi Extra Dry。

對某些受不了琴酒獨特香味的人來說，可以用伏特加酒來代替琴酒，又名伏特加丁尼（Vodkatini）。也別以為伏特加都是便宜的，DIVA 特級伏特加（DIVA Premium Vodka）可以賣到一百萬美元一瓶。

當然，你的酒吧不必使用那麼昂貴的伏特加。當年俄羅斯的蘇托力伏特加（Stolichnaya）很正宗。現在各國都出產伏特加，荷蘭的坎特一號（Ketel One）最好了，酒精度可達百分之四十。波蘭的蕭邦（Chopin）也好喝。最流行的是法國的灰雁（Grey Goose），瑞典產的絕對伏特加（Absolute）最為平凡。

我自己的經驗是伏特加既然原產於俄國，當然喝回他們的。在莫斯科旅行時，我發現蘇聯解體後，土豪群出，做的伏特加也越來越精美。比較下來，最好喝的一個牌子叫白鯨（Beluga），買瓶一千美元左右的就很高級了。記得把這瓶伏特加放在冰格中，它的酒精度高到玻璃瓶子不會爆裂，而且還要時常取出來淋水，讓冰一層層地加厚，直到瓶子被冰包圍成一團為止。這時拿一個小杯，倒上一杯，喝完之後發現還會掛杯的。

有了酒吧之後，朋友們若還是喜歡喝單一麥芽威士忌的話，先讓他們喝好的，如麥卡倫陳釀，或日本名牌的，這只限第一、二、三杯。接下來，在他們已經分不出味道時，拿出威雀牌（Famous Grouse）的，這種威士忌，品質好到被麥卡倫酒廠看上，將它收買了。普通裝的只賣到一百多塊港幣一瓶。

加冰、加蘇打水之後，再拿出一瓶上好的雪利酒，加上那麼一點點，威雀牌威士忌便像是由雪利桶浸出來的一樣，已經微醉的朋友也會大叫好喝好喝。

當然，威雀牌威士忌已是便宜的了，雪利酒不能省。如果你孤寒慣了，那麼勾一點紹興酒，它的味道最接近雪利酒。想更便宜的話，喝白開水好了，沒人能阻止你怎麼喝，只是不想和你做朋友而已。

玩種植

當今的芫荽一點也不香，而且有種怪味，這都是為了大量生產而改變基因的結果。我一直尋求以往芫荽的味道，但失望又失望，直到有一回去參觀豐子愷故居，回程中在一家小餐廳吃午飯才找回來，原來那是他們在後花園自己種的芫荽，之後再也未嘗到。

我回到香港後也不斷尋求芫荽的種子，發現多數是新品種，還有一些是義大利芫荽呢！本來在日本旅行時找到一家鄉下的雜貨店，各種花草蔬菜的種子都有出售，唯缺的是芫荽，日本人是不吃芫荽的。

我的一位很好的朋友，有個很稀奇的姓，姓把，叫文翰，他是一個到各處深山找尋美食原料，再在網路上銷售的人。他賣的東西，即便像花椒，也是嚴選出來的，只要咬一小顆，滿口香味，而且嘴即刻痲痺，厲害得很。

我對他極有信心，就向他請求說如果看到中國的原種芫荽的種子，就寄一些給我。經過甚久時間，日前他到底找到寄來，反正疫情下無事可做，就開始玩種植了。

我在網路上看到一則廣告，賣室內種植的器具，叫「Smart Garden」（智慧花園），我即刻買下。寄來的是一個塑膠的長方形箱子，附帶三個小杯子。杯中已下了羅勒種子，只要加了水，插上電，架上的燈就會自動亮十六個小時，剩下八小時自動熄掉，模擬大自然的環境，讓種子生長。箱子下方裝了水，讓所種植物吸收，水一乾，有個指示器會提醒你加水。

對我這種住在「水泥森林」中的人來說，這種室內種植器具很好用。除了種羅勒之外，我將文翰寄來的芫荽種子也埋下，之後如何，等下回分解。

現在想起，有花園住宅的人實在幸福，可惜命中註定我沒有享受這種清福的命。

家父就不同，他在中年時買下一座洋房，花園的面積至少有兩萬平方英尺（約五百六十坪），足夠他種所有的花草。

記得剛搬進那個新家，父親第一件事就是把那株巨大的榴槤樹砍下。可惜嗎？一點也不可惜，因為這株榴槤樹生長的果實都是硬的，馬來西亞人叫作「囉咕」，長不熟的意思，有時罵人也可以用上。

樹一倒，有很多顆小榴槤，別浪費，我們小孩子當它們是手榴彈來扔，把附近來偷其他水果的馬來小孩趕跑。

由鐵門到住宅還有一小段路，上一屋主種了一棵紅毛丹樹，的確茂盛，所生的紅毛丹集成群，整棵樹被染成紅色。

可惜這棵樹的種不好，果實非常酸，又聚集了一群一群螞蟻，會咬人的。

家父又將它砍了。環保人士也許會認為不妥，但南洋這個地方，樹木生長得快，種下新的，不久又是一大棵。

家父種了別的植物代之。他特別會玩，接枝後有一棵成為大樹，生長著波羅蜜，果實有兩人合抱那麼大，裡面的果肉有數百粒之多。同一棵樹也長著紅毛榴槤，果子沒那麼大，但又軟又香，也是我們小時最愛吃的。

土種高大芭樂樹也被剷除，本來又酸又多核的品種變為矮樹品種，隨手可摘。核變少，只剩下一團，切開後整顆芭樂又香又甜。這還不算，家父再接上廣東的緋紅色品種，果肉更顯得漂亮誘人。

接枝時我必在他身旁看，只見他把樹枝削去，再把另一株樹的枝幹剖開插上去，用繩子綁緊，最後將一堆泥封上，不久便生出根來，可以移植在地上了。我覺得過程很神奇，想長大了親自動手，但一直沒有機會。

如果我這次種芫荽的試驗成功了，便會跟著種別的，一直想種的還有辣椒，其實也很容易。但來了香港，廣東人說辣椒會惹鬼，雖然我不迷信，但也打消了念頭。跟著種番茄吧，拿義大利品種的種子，種出各種形狀和顏色的來，有的又綠又黃又紅，分隔成圖案，實在很美。

要不然種黃瓜吧，也要找到原始的種子才行，當今在市場上買到的都已變了種，連長著疙瘩的那種也不是那麼一回事了。

說到瓜，現在最合時令的是種絲瓜或水瓜。搭個架子種葫蘆最妙了，成熟時可以切絲來炒菜。選個巨大的，晒乾後挖出種子當酒壺，學鐵拐李，喝個大醉。

我家有個天台，當今只要努力，種什麼都行，只是少了家父來陪伴。要是能回到過往，和他一起研究怎麼接枝，那是多麼愉快！

近來常做夢，夢到和父親一起種出一個枕頭般的大冬瓜來，挖掉核，裡面放瑤柱、燒鵝肉、鮮蝦和冬菇來燉，最後撒上夜香花。外層由他寫字，我用篆刻刀來刻，一首首的唐詩，美到極點。

玩出版

我視瘟疫為敵，它來勢洶洶，怎麼打這場仗？

我們不是科學家，發明不了疫苗去對抗瘟疫，但也不能坐以待斃，總得還手。最大的復仇莫過於創作，每天做一些事，日子不會白白浪費。一浪費，魔頭就贏了。如果我們能找些有意義的事來消磨時間，就更有意思。

在這段時間，我用練書法、烹調、製作醬料來對付瘟疫，當然也包括閱讀、看電影、看電視劇等等。玩得不亦樂乎時，疫魔一步步退卻。

最新型的武器，就是玩出版了。

我雖然還在繼續寫，新書不斷地出版，但我還有一個區域未涉及，那就是翻譯。我以前的文章被翻譯成日文和韓文，未譯的是英文。

我一直有這個心願，當今來完成，最適宜不過。但過往經驗告訴我，文字一被翻譯，怎麼樣都會失去味道。翻譯是最難的一門功夫。

這段時期我想了又想，認為還是不靠別人來翻譯，用自己的文字來寫最傳神。我的英文並不夠好，可以應付日常會話而已。多年來我看了不少英文小說，多多少少學了一點英文寫作方法，但永遠也不會比母語是英語的人強。

不要緊，就那麼寫就是了。

讀者對像是我的乾女兒阿明，她從小在父母親生活的蘇格蘭小島長大，沒機會接觸中文。我的書她從來沒有看過，也不會了解我這個乾爹是做什麼的，我要用我粗糙的英文來講故事給她聽，也希望其他不懂中文的友人能夠閱讀到。

僅此而已。

我把這個意願告訴了阿明的母親——我數十年來合作的插圖師蘇美璐，她也認為這是一個好主意。她建議由與她住在同一個小島上的女作家珍妮絲·阿姆斯壯來為我潤飾，我翻譯過她寫的《The Grumpy Old Sailor》，相信這次也能合作得愉快。

我也寫了電郵給我的老朋友俞志剛先生，他是英文書出版界的老前輩，我自然要請教他的意見。俞先生起初以為我想用英文介紹餐廳和美食，他認為應該有銷路，並推薦了一些出版社給我，建議我可以先印一千本試試看。

回郵上我說在這個階段，名與利已看淡，如果再要去求出版社，一定有諸多限制，我還是採用 Kindle（亞馬遜的電子閱讀器）的自助出版方式自由度較大。

當今這種簡稱為 KDP 的 Kindle Direct Publishing（亞馬遜自出版平台）已經很普遍，中文書的出版尚未成熟，但英文書已有一條正規的出版途徑。在網路上一查，便會出現各種介紹，Facebook 上更有經驗豐富者的口述，仔細地把整個過程講解給你聽。

不過雞還沒生蛋，想這些幹什麼。

第一步一定要把內容組織起來。最初的文章寫作得借助老友成龍了，我把他在南斯拉夫拍戲受傷的過程用英文描述出來（指成龍在一九八六年拍攝《龍兄虎弟》時的經歷。當時南斯拉夫尚未解體），以引起讀者的興趣。人家不認識蔡瀾，但怎會不知道成龍是誰？

再下來是寫我在韓國拍戲時的種種趣事和我早年旅行的經驗。

我每天花上四五個小時做這件事，每寫完一篇就傳給蘇美璐，再由她交給珍妮絲去修改。

有時一些淺白的話語她也來問個清楚，我就知道這是西方人不可接受的描述，乾脆整段刪掉，一點也不覺得可惜。我監製電影時，若把拖泥帶水的劇情一刀剪了，導演花了心血，一定反對。我寫的文章，我自己不反對就是，一點也不惋惜，反正其他內容夠豐富。

珍妮絲一篇篇讀完，追著問我還有沒有新的，我聽到了，心才開始安定下來。有了內容，才可以重新考慮出版的問題。俞志剛先生來電郵說在過往十年中，英文書的出版市場已被五大集團吞併，分別為哈珀·柯林斯（HarperCollins）、企鵝（Penguin）、麥克米倫（Macmillan）和博德曼（Bertelsmann），最後加上法國的樺榭（Hachette）。不過還有些小公司。假設我找到一家英國的，再包一千冊的銷售量，合作的可能性就大了。

他還說如果有第一本樣書，不妨考慮去德國法蘭克福，那裡每年都有一個盛會，其間大小出版商雲集，商談版權轉讓、合作出版、地區發行等等。如果考慮參與的話，一定會有所斬獲。

要是沒有疫情的話，也許我會去走走。我的老友潘國駒的教科書出版集團每年都參與，跟他去玩玩也是開眼界的事。但疫情下已不知道什麼時候可以旅行，這個構想太過遙遠了。

目前要做的是一心一意把內容搞好，在KDP上嘗試也不一定實際，不如請我生意上的拍檔劉絢強兄幫忙。他擁有一個強大的印刷集團，單單一本書也可以印得精美。等到內容夠豐富時，可請他印一兩百本送朋友。心願已達，不想那麼多了。

疫後旅行

好像看到了一點點曙光，喜歡旅行的香港人都摩拳擦掌，準備瘟疫一過，馬上出門。

到哪裡去呢？

義大利倒是可以考慮的。那邊的情形壞過我們這裡，一到了必受歡迎，但是也得觀察一陣子，才好動身去大吃白松露和其他美食。

澳洲和紐西蘭互相有通道，先讓他們兩國玩一陣子再說吧，當今外來者還是不受歡迎的。

其他地方就算可以不受隔離，去了也會遭受白眼。

我們是去花錢的，幹嘛受這種老罪？若能安定下來，還是到馬來西亞最佳，大啖貓山王榴槤，吃美妙的河魚、炒粿條、肉骨茶等等小吃，是一大享受。那邊的人對我們大有好感，歧視這件事是不會發生的，我一等到開放，即前往。原答應過去開書法展的，一切已布置妥當了，就是得等到不受隔離的時候。

最理想的還是去日本。日本靠遊客，為了要做生意，一定最先開放，但是日本人私底下帶著敵視眼光，還是不值得。那怎麼去呢？去哪裡呢？

跟著我先到福井縣好了。那邊有一家我非常熟悉的溫泉旅館，叫「芳泉」，老闆娘和我已是多年好友，說是我介紹來的，一定大受歡迎。

這段時間，我一直看到她在Facebook上發動態，說休息了一陣子，但沒有停過，還在招兵買馬，聘請了多個服務生和新廚子，每天訓練。

房間也大裝修，她說在沒有生意做的時候，做這些待客的準備工作最好。我看著她天天在虧本，但從不氣餒，盡量把品質提高。

老闆娘這一代已是第二代，兒子娶了媳婦，她也訓練兒媳婦今後接班。兒媳婦人長得漂亮，又非常謙虛，是一塊做老闆娘的好料子。

老闆娘的媽媽，第一代老闆娘也一直在店裡面看著。上次去時，我抽空請她去吃鰻魚飯，她說好久沒出去過，感激得很，說下回由她請客。

有了這三位老闆娘的服務，招呼客人一定沒有問題。我們已經是熟客，更不會發生歧視現象。加上旅館有一專門服務高級客的別莊，叫「個止吹氣亭」，每一間房都有私人溫泉浴室，浸一個飽絕對沒有問題。喜歡大浴室的話，旅館共有兩大池，非常舒服。

福井是吃越前蟹最好的地方，當今可能不是季節（每年十一月到翌年三月才是解禁期），但其他海鮮，像三國甜蝦和各種刺身還是第一流的。

老闆娘會花盡功夫安排旅館大餐，生烤野生鮑魚和龍蝦刺身可以代替螃蟹。如果能去得成，她說可以隨我們，喜歡吃什麼供應什麼。當然，除了旅館大餐，我也會安排大家去吃最好的鰻魚飯。

中午，可到海邊去吃海膽。福井的海膽個頭小，但非常甜。市內有一家專門做海膽產品的名店，已開了三百多年，在那裡大家可買到鹽漬的海膽，是日本三大名產之一。其他兩種是海參腸和烏魚子。

福井的日本酒「梵」，已是跟隨著「十四代」（清酒品牌，被譽為日本第一清酒）的絕佳清酒，以價錢而論，絕對值得喝。我們當然也可以去參觀它的製造廠，老闆和我已是老友。

福井是百去不厭的，從大阪去，乘「雷鳥號」火車，不到兩小時即到達，舒服得很。回到大阪，又去吃「一宝」的天婦羅。這也是我熟悉的鋪子，他們會把在東京分行的師傅調去，專門為我們做出最高級的料理，也會受到最高級的招呼。

入住的麗思卡爾頓酒店，我去得多了，像是回到家裡。也絕對沒有歧視這回事，他們做我的生意多年，已把我當老爺那麼拜。

如果說福井去得太多，就去新潟。這個縣城我也熟，要吃最高級的大米，非到新潟不可。米好，酒一定好，老牌子「八海山」當今致力創新，各種冰藏的佳釀可讓我們喝個不停。到「八海山」參觀時，可吃到他們的軟雪糕，是我至今吃到最軟、最美味的。

新潟的著名旅館——位於月岡溫泉街的「華鳳」，也是我常去的，不會有歧視的現象發生。到那裡，打著蔡瀾推薦的旗號，一定給面子。

大家一起出入最高級的地方，別再像一般旅客般湊在一起，買東西則去高島屋等著名的百貨店，不必去心齋橋一類的觀光點了。

到了大阪，順便去京都好了。我上次住的麗思卡爾頓酒店就在市中心，走幾步路，什麼都有，小住個幾天，去二條的「一保堂」喝杯玉露茶。還有數不盡的高級懷石料理店，在那裡會得到我們應該得到的招呼。這才叫旅行。

疫後旅行・台灣篇

剛寫完〈疫後旅行〉，說了要去馬來西亞和日本，那天和葉一南聊起，才發覺忘了還有台灣。待瘟疫一過，即動身。

去台灣，語言相通，不必參加什麼旅行團，三兩知己，約好了就上路，輕輕鬆鬆。從台北到高雄，乘高鐵一下子就到，不然租輛七人車，邊走邊吃，也是樂趣。

吃些什麼？台灣人是最會處理內臟的，他們勤勞，內臟洗得乾乾淨淨，做起來一點異味也沒有，只有本身的香氣。所以去台灣，必得吃所有的內臟，這也只有我們這一群不怕膽固醇過高的人才有資格享受。

在台北吃，就先去一家叫「高家莊」的，那裡的紅燒大腸一吃，即刻上癮，已經不能用文字形容它的美味。再來點一客沙拉魚卵，吃個痛快。

翌日一早，去「賣麵炎仔．金泉小吃店」吧，那裡有我最愛吃的切仔麵。切仔麵的「切」字和麵的品種沒有關係，來自台語發音。用兩個尖碗狀的竹籠，把麵放進其中一個，用另一個壓住，放進滾水中滾，煮時晃動，發出「切、切」的聲音，故稱之。

麵會配上白灼豬肝、煙燻鯊魚肚、腰子、大腸等等，都是一片片切出來，所以有些人說切仔麵的「切」字，來自把食材切片。土生土長的人叫它為「黑白切」，亂切一通的意思。

如果把鴨舌也歸於內臟的話，「老天祿」的鴨舌一吃，至少可吃上三四十條。最美味的部分是舌尖，再來啃連著的兩條舌根，肉少得不能再少，但更有滋味。

除了鴨舌，還有鴨心、鴨肫、鴨腸。有些人說這家店已大量生產，其他店有更好的，但我認為爛船也有三斤鐵。我看到店裡分台灣舌和北京舌，問怎麼分別，北京舌難道由北京運來？老闆蔡先生笑著回答：「北京烤鴨中拔出來的。」

蚋仔也非吃不可，做得好的地方專選肥肥大大的，讓滾水一燙之後，即用大量蒜頭和醬油去醃，鮮美無比，一吃一碟跟著一碟。朋友問要吃到什麼時候才停止，我笑著說：「吃到拉肚子為止。」

如果你也喜歡吃豬腰的話，千萬別忘記他們的麻油腰子，簡直是一絕。把豬腰切半，用利刃清除白線，洗乾淨，拋入冰水中冷卻收縮。炒時一定要用猛火，下上等麻油，煸出煙時下豬腰，翻兜一兩下，下薑絲、米酒，即成。

要是你喜歡豬肝的話，小販們會仔細地挑出血管，用注射針筒吸滿醬油再注入，醬油分布整個豬肝後蒸熟。這時候吃，才明白為什麼「肝」字前面要加個「粉」字。

吃完內臟之後，輪到魚，台灣最美味的當然是虱目魚，台南有很多虱目魚的專門店。所有魚，骨頭最多的當然最甜，虱目魚全身有二百二十二條刺，台南粥店的老闆是剖魚高手，不消一分鐘即把魚分解，硬骨拿出煮湯，細骨切斷，也不會傷喉。靠近肚子的部分完全無骨，白灼或清蒸最肥美。更好吃的是魚腸和魚肝，帶點苦，能吃上癮。

虱目魚個頭小，內臟也不多，要吃得過癮，總得到東港的漁港去，那裡的黑鮪魚產量頗豐。

我們吃過魚的多種部分，但很少人能吃到魚的內臟。原因是如果到遠方的深海，漁民一抓到魚，即刻把內臟丟掉，不然漁船回岸時魚會腐壞。東港離海岸近，漁船當天回港，鮪魚的內臟可以保留下來，我們可以吃魚腸、魚肝、魚心臟和骨頭與骨頭之間的骨膠原。

這些食材本來只留給漁民自己，我們到了專賣內臟的餐廳，先把大塊的魚卵炸來吃，然後把魚精子拿來紅燒，比豬腰更滑、更美味。跟著吃魚喉管，骨髓煮成當歸湯。

到了台南，美食更無窮盡。先到「阿霞飯店」，食物有蝦棗、烏魚子、粉腸、豬腰拌醬、雞仔豬肚煲鱉。最精彩的還是紅蟳米糕，選最肥美的膏蟹斬件（用刀將食物剁成細塊）備用，再拌江瑤柱、豬肉碎進糯米中，鋪上蟹蒸之。

不然請我的老友阿勇師傅來一餐「辦桌宴」，這是全台灣最古老的吃法。當年罐頭螺肉很珍貴，要開了罐頭後整罐放在碟子中上桌，才證明童叟無欺，上桌的方式古老得不能再古老了。

「度小月」本店也不能不去，老闆娘已成為我的好友。她坐在檔邊一匙又一匙地把肉醬澆在麵上，吃完了才知道擔仔麵原來的味道是怎麼一回事。

其實，食物的千變萬化都是互相學習而來。台灣人很會吃魚，有種做法值得我們借鑑。在台南廟口有一檔人家賣的魚丸是我從來沒吃過的，那是把魚丸打好後，再把魚片切成細絲，插在魚丸當中，像個羽毛球。吃起來有兩種口感，白灼魚片和魚丸一起享受，那多有文化呀！

第四章

好日子終會來到

料理節目

我們這些主持美食節目的人，當然也得看別人的節目，從中學習。當今大家只追求米其林，已少人看電視。這也難怪，主持人越來越差，安東尼·波登自殺之後，好的主持人寥寥無幾。

美國的只剩下專吃怪食物的光頭佬安德魯·席默（Andrew Zimmern），英國的有向鏡頭擠眉弄眼的奈潔拉·勞森（Nigella Lawson）和做來做去只有義大利那幾招的傑米·奧利佛（Jamie Oliver），看得打哈欠了。

戈登·拉姆齊（Gordon Ramsay）在節目中罵人的趣味性已經超越他的廚藝；瑪律科·皮埃爾·懷特（Marco Pierre White）想歸隱，已無心戀戰；赫斯頓·布魯門索（Heston Blumenthal）越來越怪。

當今還在英國人螢幕前樂此不疲的有詹姆斯·馬汀（James Martin）。此君像個流氓，做菜時粗枝大葉，向當地廚子學了一兩手之後便占為己有，根本不尊重食材，只會選大尾的鮭魚。到手後先把最肥美的肚腩切走，接著便是調味料亂加，沒有六、七種以上不肯收手。他自以為英俊，喜歡跳社交舞和騎摩托車多過燒菜，但英國人也吃他那一套，可見觀眾水準已經低得不能再低了。

另一個老太婆叫瑪莉・貝利（Mary Berry），簡直像一個巫婆，臉上膏粉塗得快要脫落，我一看到即刻轉台，簡直吃的東西都吐出來。她在英國已被觀眾接受，這也不出奇，查爾斯三世接受的形象，應該大多數英國人認為不錯吧，不然憑她那種平平無奇的手藝，怎能做到現在？

懷念的是在六十五歲就因心臟病去世的基斯・弗洛依德（Keith Floyd）。此君在螢幕前總是輕輕鬆鬆、瀟瀟灑灑，手舉一杯酒，邊喝邊露幾手，去到哪裡，煮到哪裡。他教的菜極易學，只要根據他做過的去重現，就能當上高手。他做過的節目還能買到DVD，各位想學的朋友不妨找來看看，必有收穫。

「當今呢？還有什麼美食節目能吸引到你？」友人問。有，有個叫瑞克・史坦（Rick Stein）的老頭，他在BBC的節目，我一轉台看到，必放下手頭所有工作，從頭看到尾。其實史坦留下的節目不少，有些也很有系統性，像從威尼斯出發，一路吃到土耳其的伊斯坦堡，每一集都精彩。目前放映的是他從英國出發，每一個週末去周圍的小鎮，吃他喜歡的菜。

他最像貓，最愛吃魚，你不會在他的節目中看到他把魚腩切了丟掉。他尊重食材，也尊重傳統的做法，向當地人學習後，他先原原本本介紹，回到自己家裡再重現一次。或者怕忘了，坐著小貨車上路時，一面遊覽，一面停下來重溫吃過的菜。

對這些教過他的「老師」，史坦會請廚房工作人員，招呼他的全體職員和老闆站在一起，為他們拍下一張照片。當今很多人迷上米其林，一間間二星、三星餐廳去搜集，但是吃完回來，你會做嗎？你能天天吃到嗎？如果跟著史坦拍過照片的食肆去學習，相信能昇華自己的廚藝。

史坦出生於一九四七年一月四日，擁有自己的酒店和餐廳，最有名的是他最喜愛的海鮮餐廳，開在帕德斯托（Padstow）的「瑞克．史坦海鮮餐廳」（Rick Stein's Seafood Restaurant），生意興隆。當然有很多人叫他用自己的名字多開幾家餐廳，但都被他拒絕了。現在他開的還有一家小館，一家咖啡店，一家甜品店，另有一料理教室，都不重複。

如果收足了史坦迷，或許我會組織一個旅行團，到他的食肆一間間去試，也盡量地搜集他所有的著作。旅行之間，大家觀察他對魚的做法和我們有什麼不同，深入研究，得出結論寫一本書，將會是好書。

大排檔

若各位有裝 Netflix，也許會注意到一個叫《世界小吃：亞洲》（Street Food: Asia）的節目。它是由《主廚的餐桌》（Chef's Table）的主創者大衛・賈柏（David Gelb）拍的，講述了曼谷、大阪、德里、日惹、嘉義、首爾、胡志明市、新加坡和宿霧等地方的大排檔和當地人的故事。

很明顯，製作人受了陳曉卿的《舌尖上的中國》以及《風味人間》的影響，因為之前的飲食節目講旅行和餐廳，較少提及「人」。

食物會與感情結合，人離不開吃嘛。但是思鄉呀，努力奮鬥呀，終於成功呀，這些因素總要以哭哭啼啼的情境來表現，就忘記這是一個還要靠商業因素來存在的節目。一沉重了，就要遠離觀眾。

《世界小吃：亞洲》拿捏得剛好，其中有一兩集稍微擠眼淚，但沒有《舌尖上的中國》第三季那麼厲害，總括來說，還算是看得過去的。Netflix 很會選片子，先把《風味原產地》挑去嘗試，證實了成功，才下此決策。

第一集講曼谷，主要人物叫「痣姐」，一個七十三歲的瘦小老太太，臉上有一顆大痣，頭戴飛行員眼罩防煙，從早炒到晚，簡直是一個卡通片中的人物。影片講述了她如何買食材，如何創造菜式，最終一步步踏上飲食名人之路。「痣姐」最拿手的當然是最便宜的泰式炒粉（Pad Thai），還有以本傷人的蟹肉煎蛋，看得令觀眾想專程去曼谷一趟。

節目中還有我最喜歡吃的乾撈麵。把兩團很小很小的黃麵條燙熱，用豬油和炸蒜蓉撈拌，上面鋪著炸雲吞、叉燒、肉碎、魚板、肉丸，等等等等，總之料多過麵。從前還有螃蟹肉呢，但客人認為不必畫蛇添足，這些簡樸的已經夠了，故取消。

第二集講大阪，講的並非我們印象中的各種美食，而是街邊一家居酒屋式的大排檔，賣的是章魚燒、御好燒等，並不是什麼可以引你上癮，一吃再吃的東西，特別之處在於人物的魅力。這裡有個健談的老頭，到市場去看什麼便宜就買什麼，回到檔中，用他粗糙的方式弄出來讓客人下酒。他在節目中用獨特的幽默口吻講述自己如何辛苦奮鬥，實在有點悶。

第三集講德里，那些街邊小吃更不是什麼值得嘗試的美食，這當然是我個人的偏見。薯米糰子浸在糖漿中，如果不是你從小吃到大的東西，不會去碰。燒肉串也到處都有，並不一定在街邊才能吃。這一段只講小販和環境的鬥爭。

第四集講述菜市場中一位一百歲還在賣甜品的老太太，節目播出時，她已去世了，傳奇尚在。印尼的甜品是令人眼花繚亂的，我第一次去就看到三百多種，回來告訴朋友，沒有一個相信。印尼的飲食文化實在深遠，又因為地處熱帶，食材隨手可拈。節目中還提到用大樹菠蘿做的各種菜包，另有肉丸子、印尼炒飯、木薯麵條等等。

第五集帶我們來到嘉義，那裡有出名的火雞飯，還有砂鍋魚頭。片中講述了在一家叫「林聰明砂鍋魚頭」的店裡，女店主與上一代如何鬥爭和妥協，故事非常感人。食物好不好吃不知道，一定要親自去試。一定要試的是非常特別的嘉義羊肉，這裡的店主要戴上防毒面罩才能活下去。把特別種類的羊肉斬成好幾塊後加藥材，再用泥土封甕，放進燒瓦的窯子中，燉它三天才取出，這時喝一口湯，就像店主所說，可以打通任督二脈。我看到這一集，大叫做什麼我在台灣時，沒有人告訴我有這一道菜！即刻決定專程去一次，看這一個節目，已值回票價。

第六集講首爾廣藏市場中一位賣刀切麵的大媽，故事當然感人，所有當小販的大媽都有那麼一段故事。不過廣藏這個市場非去不可，要吃什麼都有，像醬油螃蟹、辣年糕等等。這個市場吸引到你，不是因為小販，是因為美食。

第七集講胡志明市，有一排檔專賣各類貝殼，其中的炒釘螺最突出。釘螺這種食材，我在內地和香港吃了都出過毛病，香港人不碰為妙。講越南麵包的一段倒深深吸引了我，我知道吃了一定會上癮。

第八集講新加坡是老生常談，而且熟食中心小販賣的食物只是有其形而無其味。

第九集講菲律賓宿霧也不特別。

《世界小吃：亞洲》怎麼漏掉了香港呢？因為香港已經沒有街邊大排檔了，政府很努力去禁止，說什麼不清潔、不衛生，至今全香港只剩下二十五家大排檔。

為什麼最愛乾淨、衛生的日本都市，像大阪可以讓他們存在，而香港不能？福岡是以大排檔招來遊客的，許多外國朋友一到香港就要找大排檔，但找不到。香港旅遊局請我去拍一個廣告，背景用的就是中環僅存的大排檔，這不是騙人嘛！好好考慮恢復大排檔吧，會令香港賺錢的！

遊戲的終結

在影視界歷史上，沒有哪一部劇集像《冰與火之歌：權力遊戲》（Game of

Thrones）那麼成功過，總之打破所有紀錄，寫下歷史，是經典中的經典。

終於要散，故事一定要說完，但不是大家預期的，所以各有己見是必然的。媒體上議論紛紛，有些人甚至要求重拍，製作方不會理你的，做夢去吧！

有什麼可能讓大家感到滿意呢？這個劇集以殺戮成名，最好是以殺戮收尾，觀眾的預期是把所有的人都殺光，留下小惡魔，他畢竟是一個最討好的角色。

製作方也想過吧？但戲已成名，利已收，可以放下屠刀了，讓嗜血的觀眾大失所望又如何！

我們印象最深刻的情節，莫過於第一季中，觀眾以為作為魁首的艾德・史塔克（Eddard Stark，暱稱「奈德」），由大明星西恩・賓（Sean Bean）扮演，一定會在以後占很多很多的戲份，但他一下就被對方斬了頭，大家都「哎呀」一聲叫出來。

接著，在以後的劇集之中，權力的遊戲變成「誰會忽然被殺死？」的遊戲。所有角色都有可能斷頭，最過癮的是史塔克一家的喉嚨一下子完全被割斷，編劇大喊：「觀眾們，沒想到吧！」

角色一個個被殺，所剩無幾，這怎麼辦？就讓瓊恩・雪諾（Jon Snow）死而復生吧，編劇又暗暗發笑：「你奈我何！」

另一個吸引觀眾看下去的因素，是女主角們個個演技高超，還會脫衣服。阿貓阿狗怎麼脫都沒用，又會演又會脫才過癮呀。不過像殺人一樣，編劇們對裸體鏡頭已越來越不感興趣，到了最後那幾季，已經幾乎不出現了。

一點都不介意裸體演出的是演皇后的琳娜．海蒂（Lena Headey），朋友問我所有的女主角中最喜歡哪一個，我就選她。這個人並不美，牙齒有缺陷，說話時常忽然閉起嘴來，但她最有個性，我一開始就為她著迷。到了被迫脫光衣服當眾遊行的一場戲，她的身材已變，而且又懷了孕，才叫替身來演。

「龍母」本人艾蜜莉亞．克拉克（Emilia Clarke）是一個愛笑的女生，角色要她不苟言笑，演得辛苦。不過她能把虛構的語言講得那麼流利，也是演活這個角色的重要原因。

其實最不會演戲的是蘇菲．特納（Sophie Turner），她只有哭喪著臉這一個表情，比不上演她妹妹的麥茜．威廉斯（Maisie Williams）。

所有觀眾最喜歡的當然是演「小惡魔」的彼得．汀克萊傑（Peter Dinklage），他人雖小，但也享盡多位女演員的美色，讓觀眾大樂。他將會成為歷史上最著名的侏儒演員。

劇集的成功也很靠反派演員。從皇后到演她的父親的查理斯・丹斯（Charles Dance），尤其是演兒子喬佛里（Joffrey）的傑克・格里森（Jack Gleeson），演得邪惡入骨。

演「小指頭」培提爾・貝里席（Petyr Baelish）的是艾丹・吉倫（Aidan Gillen），也演得陰險萬分。

尼可拉・科斯特—瓦爾道（Nikolaj Coster-Waldau）扮演的是亦邪亦正的弒王者，最初被觀眾憎惡，最後被接受，甚至被關朵琳・克莉絲蒂（Gwendoline Christie）扮演的女巨人看上，也很成功。

演「紅巫師」的卡莉絲・范・荷登（Carice Van Houten）和演瑪格麗・提利爾（Margaery Tyrell）的娜塔莉・多莫（Natalie Dormer）當然是大脫特脫，尤其是後者，她所演的任何角色，幾乎是不脫不成立的。

另一非常邪惡的角色是拉姆斯・波頓（Ramsay Bolton），由伊萬・瑞恩（Iwan Rheon）出演，給觀眾留下深刻印象。

演反派的也不都是新人，客串「大麻雀」的是喬納森・普賴斯（Jonathan Pryce），英國著名演員，曾演過很多部戲的主角，其中一片叫《巴西》（Brazil），在香港上映時譯為《妙想天開》，是非常值得一看的好電影。

演奧蓮娜・提利爾（Olenna Tyrell）的黛安娜・瑞格（Diana Rigg）美豔並紅極一時，當今垂垂老矣，但演技猶佳。

值得一提的還有演「灰蟲子」的雅各布・安德森（Jacob Anderson），他本人是一位很紅的創作歌手和唱片製作人，不是籍籍無名。

演他的伴侶的是娜塔莉・伊曼紐爾（Nathalie Emmanuel），是個英國演員，目前已經有很多劇本等她挑選，一定會有佳作出現。

也許你會喜歡對「龍母」忠心耿耿的伊恩・格雷（Iain Glen），他接下來會與皇后合作拍一部電影，叫《洪水》（The Flood）。

至於演「龍母」丈夫的那個巨漢傑森・摩莫亞（Jason Momoa），大家都知道，他已是大紅大紫的水行俠了。

觀眾對結局的期待是最好把所有的角色殺死，現在一留就留那麼多，就不滿意了，而且那麼可恨的皇后死得不夠痛快，只有和她哥哥擁抱的一個鏡頭。觀眾喜歡的是只留下約翰・布拉德利（John Bradley）扮演的胖子守夜人來服侍伊薩克・亨普斯特德——懷特（Isaac Hempstead-Wright）演的跛國王，但也有更多的觀眾不同意，怎麼說都不行，就像改編了的金庸小說，一定有議論。

和所有的戰爭片一樣，到了最後，終於得到和平，《冰與火之歌：權力遊戲》也理所當然得到了和平。但人類嘛，得到了和平，要維持長久，怎有可能？接下來又是另一部戰爭片的劇本了。

好萊塢電影

一說到好萊塢電影，即刻有拍戲不擇手段，只要賺錢就是的印象。的確如此，好萊塢控制在一群猶太人手中，叫他們做虧本生意，不如把他們殺了。

但是，好萊塢也愛才，有天賦的工作人員都被他們吸收，不分國籍，也不分人種，比如華裔攝影師黃宗霑（James Wong Howe）。

什麼題材能夠賣錢，就拍什麼戲，愛情片看膩了，就拍動作電影。什麼，當今人只愛看漫畫？當然用漫畫題材來拍，包括所謂「超級英雄」，賺個滿盤滿缽。卡通式的表現方法看厭了，製片家們又即刻轉型，因為他們知道觀眾在進步，他們也非得跟隨觀眾進步不可。

最明顯的就是《蝙蝠俠》（The Batman），由有思想的導演克里斯多福・諾蘭（Christopher Nolan）來拍，把陰陰暗暗的人性注入，即刻又創出一條新路來。製片家們有先見之明，也有膽識做試驗性的投資，因此好萊塢才能生存。

再舉個例子，最近有兩部電影，一部是《魔鬼終結者：黑暗宿命》（Terminator: Dark Fate），一部是《小丑》（Joker）。前者做出保險的計算，之前已經有五部系列作品創造了成功的票房紀錄，又有最初的大導演詹姆斯・卡麥隆（James Cameron）肯出來支持，知道在特技方面一定沒有問題。加上原有的演員阿諾・史瓦辛格（Arnold Schwarzenegger）和琳達・漢彌頓（Linda Hamilton）上陣，以為一定有把握。但得來的是一場災難性的票房慘敗：用一億八千九百萬美元來拍，只獲得一億三千五百萬美元的收入，扣除發行費，一共要虧本一億三千萬美元。

原因是什麼？製作班底和演員一樣，都垂垂老矣。觀眾對打打殺殺已經看得生厭，在那麼多特技鏡頭的疲勞轟炸之下，就算有3D效果，加上立體音響，也看得打瞌睡了。

反觀另外一部《小丑》，只用五千五百萬美元來拍，票房收入超過九億美元，打破限制級電影的史上票房紀錄。

這又是為什麼？答案是新的嘗試、新的角度、新的演繹方式，加上演員高超的演技。《小丑》是二〇一九年度最好看的電影。

在走進戲院之前，我聽到許多觀眾的回饋，說這是一部非常陰暗的電影，看了令人不快至極，得做心理準備才好走進戲院。但看了就知道它根本不陰暗，像是針對當今社會的寫實片，也許是我們這些觀眾的心理已經和電影一樣陰陰森森了。

故事發生在高譚市，那裡的所有人都近於瘋狂。小丑這個人物雖是《蝙蝠俠》中的一個喜劇性配角，但他是一個活生生的現代悲劇主角。劇本很仔細地寫出他怎麼一步步變成瘋子的細節：貧富懸殊的環境，母親變態式的欺凌，大眾電視節目主持人的利用和嘲笑……小丑本來是準備自殺的，結果被逼得一槍打死主持人。

編劇水準高在說故事時，也把現實和幻想交叉敘述。比如小丑向鄰居女子示愛，如真如幻的手法令觀眾也和主角一樣陷入瘋狂的狀態。

小丑的行徑已漸得到瘋狂群眾的認可，當他是英雄般追隨了。這部電影是第二部《V怪客》（V for Vendetta），代表了人民的不滿和反抗。在現實生活中，很多國家的人民遭受到的權力鎮壓比小丑感到的嚴重得多。

而小丑本身是善良的，他不會無緣無故地殺人，他放過了那個比他弱小的侏儒。

他只是你我中的一個，錯不在他，這才是這部電影的主題，也是這部電影可以得到那麼多觀眾的認同，讓他們買票走進戲院的原因。

最初，好萊塢為何有那麼大的勇氣來拍這麼一部在普通觀眾看來「小眾」的電影呢？

俗氣點分析，這是非常便宜的投資！當所有由漫畫改編的電影，像《自殺突擊隊》（Suicide Squad），得用上一億七千五百萬美元來拍時，《小丑》只花五千五百萬，虧本也虧不到哪裡去。何況主角瓦昆．菲尼克斯（Joaquin Phoenix）有一批死忠的觀眾，他在《神鬼戰士》（Gladiator）中演瘋狂的皇帝，已讓人留下深刻的印象，後來出演的《她》（Her）和《為你鍾情》（Walk the Line）更奠定了他的演技派地位。為了出演《小丑》，他減掉了將近二十五公斤體重來為這個角色做準備。

好萊塢的另一個缺點，是用包裝來保護投資，一切要往大裡做。拍這部戲時，導演也一直受魔鬼的引誘，本來要讓馬汀．史柯西斯（Martin Scorsese）來當監製，這樣一來可以拉到他的好拍檔李奧納多．狄卡皮歐（Leonardo DiCaprio）做主角。

好在有導演陶德．菲利普斯（Todd Phillips）的堅持，認為主角非瓦昆不可。他的誠意又感動勞勃．狄尼諾（Robert De Niro）來當配角，這才讓這部片子開拍。

好萊塢是群魔所聚之處，也是人才的發源地，美國人將好萊塢電影當成一種重要的工業來做，這是沒有一個國家能夠代替的。當今許多好萊塢電影都有中國人投資的影子，但只限於《魔鬼終結者：黑暗宿命》這樣的結局，大家都知道沒有一道成功的方程式，但還是把頭埋下去，沒有救藥。

電影主題曲

我在微博上有一千多萬位網友，他們都常和我交談，但並非每一位都可以直接來問我問題，要經過包圍著我的一群「護法」，把問題精選後才傳給我。

這麼做可以預防所謂「腦殘」來干擾，清淨得多。我也照顧到網友的一些不滿情緒，每年在農曆新年前開放微博一個月，大家都可以直接與我對話。

這次因瘟疫，在家時間多了，就一直開放下去，至今也有四個多月了吧，任何瑣碎事都聊。網友們說我談得最少的是音樂，聽覺上的享受於我而言沒有視覺上的那麼強烈，音樂固然喜歡，但電影還是我最喜愛的。不過在這段時期，可以和大家分享音樂，每天選一首我喜歡的歌。而我愛聽的，莫過於電影和音樂結合的主題曲了。

首選的是《北非諜影》（Casablanca）的主題曲〈As Time Goes By〉，戲裡面由黑人歌手杜利・威爾遜（Dooley Wilson）高歌。看過這種雅俗共賞的電影，有誰能忘記這首歌呢？後來更有無數歌手唱過，包括法蘭克・辛納屈（Frank Sinatra）、洛・史都華（Rod Stewart）等等。

忘不了的是《金玉盟》（An Affair to Remember）的主題曲，大家可以聽到許多歌手和樂團演唱的版本，當然要聽原聲也可以找到。當今有一個叫 Spotify 的音樂服務平台，用它能找到各種版本。電動車特斯拉（Tesla）最親民，Spotify 已是其附屬軟體。很多人都唱過《金玉盟》的主題曲，當然唱得最好的是納京高（Nat King Cole）。

《綠野仙蹤》（The Wizard of Oz）的主題曲由茱蒂・嘉蘭（Judy Garland）唱出，這首歌已經代表了她，一談起這個人，不得不提起這首〈Somewhere Over the Rainbow〉。她實在唱得太好、太有個性，後來的歌手都不敢模仿了。

有時候，某些歌不是為了一部電影而作，但是和劇情一配合，一擦出火花，大家就都不會忘記。像《第六感生死戀》（Ghost）中用了〈Unchained Melody〉，現在一聽到這首歌，腦海裡的畫面就是女的在做陶藝，男的從背後摟住她。大家都不知道最早把這首歌唱紅的三個歌手分別是萊斯・巴克斯特（Les Baxter）、艾爾・西伯勒

（Al Hibbler）和羅伊．漢密爾頓（Roy Hamilton），只記得「正義兄弟」（The Righteous Brothers）唱的版本。其實，這首原名〈Unchained〉的歌，是為一九五五年的同名電影（中文譯名為《牢獄梟雄》）而作，這是一部描述牢獄生活的電影，和愛情或鬼一點關係也沒有。

拜賜於《第六感生死戀》，許多外國觀眾才知道香港這個地方。電影改編自華裔作家韓素音的自傳，描述了一個美國記者與一個女醫生的愛情故事。電影把清水灣和太平山頂的畫面拍得非常美麗，其主題曲就吸引了大批遊客，尤其是日本人來到香港，功德無量。

每年的亞太影展中，哪一個地方獲得最佳電影大獎，大會就奏哪一個地方的歌。有一年由香港得到大獎，大會的樂隊要奏什麼？〈義勇軍進行曲〉嗎？香港還沒有回歸！〈天佑女王〉嗎？好像不應該全給英國人沾光！結果大會樂隊奏起了《第六感生死戀》的主題曲，大家都大聲地拍起掌來。

老一輩的觀眾也許會記得一部叫《畫舫璇宮》（Show Boat）的電影，在 YouTube 上也可以看得到。裡面的歌曲不少，但讓人記憶深刻的是一個黑人男低音歌手唱的插曲〈Ol' Man River〉，實在動聽。

不管什麼年齡，大家都會唱的是一首叫〈Que Sera, Sera〉的歌，是《擒凶記》（The Man Who Knew Too Much）的主題曲。這是一部懸疑片，由驚悚大師希區考克（Alfred Hitchcock）導演，又怎麼和曲搭上關係呢？因女主角是個歌星，希區考克為了捧她的場，讓她唱了這首給孩子們聽的歌。結果劇情大家都忘了，但這首歌還一直被唱下去。

不管你喜不喜歡貓王（Elvis）的搖滾音樂，他唱的情歌總是動人心弦。〈Love Me Tender〉這首歌本身和劇情無關，出現在一部同名電影中（中文譯名為《鐵血柔情》）。另一首〈Can't Help Falling in Love〉則是一部叫《藍色夏威夷》（Blue Hawaii）的電影的主題曲，當年的製片人想要一些牢獄式搖滾歌曲，貓王說那是沒腦筋的人寫的歌，堅持用了這首，流行至今。

當然我們也忘不了《第凡內早餐》（Breakfast at Tiffany's）中的〈Moon River〉，《畢業生》（The Graduate）的插曲〈Mrs. Robinson〉，《虎豹小霸王》（Butch Cassidy and the Sundance Kid）中的〈Raindrops Keep Falling on My Head〉，《紅衣女郎》（The Woman in Red）中的〈I Just Called To Say I Love You〉，等等。

也許各位還年輕，這些片子沒有人看過。網友問：「到底有沒有一首主題曲是我們也聽過的？」

有，那就是〈White Christmas〉，它是一部叫《假期旅店》（Holiday Inn）的電影的主題曲。你會聽過，你的兒女會聽過，你的兒女的兒女也會聽過。

丹尼爾・席爾瓦作品

經過了經典階段，我當今看的是一般人認為垃圾的打打殺殺電影，而小說方面，最好是不費腦筋的殺手故事。

自從二〇〇〇年接觸丹尼爾・席爾瓦（Daniel Silva）寫的《暗殺大師1：暗殺藝術家》（The Kill Artist）之後，我便一直跟著閱讀，直到二〇一九年的《新來的女孩》（The New Girl），都是以一個叫加百列・艾隆（Gabriel Allon）的人物串起來。

和沒有學問的殺手不同，主人公是一個專門為古典名畫做修復工作的人。在慕尼黑奧運會中發生恐怖襲擊慘案，眾多的以色列運動員被恐怖分子屠殺，事後以色列政府下了暗殺令，叫一群殺手把恐怖分子一個個幹掉，而艾隆就是被派去的成員。他殺人雖然不合法，但也像詹姆士・龐德一樣，得到了政府的准許。這麼一來，原本是做壞事的人物，也得到讀者的同情。

艾隆接著根據命令，殺了毒梟、阿拉伯恐怖組織的頭目、俄國的黑社會大哥等等，都是該殺的，都不是無辜的。

殺人的人，自己的家人也被殺，艾隆的兒子因此身亡，他的妻子因悲傷而癡呆。艾隆當然把這些壞人一個個找出來，一個個殺死，讀者得到和他一樣的快感。

作者丹尼爾．席爾瓦原本為一個記者，也做過CNN的通訊員，對時事的觸覺很敏銳，每每利用真實人物、真實事件當故事中的角色和背景，所寫作品不像一般殺手故事那麼虛無。

他搜集的資料也十分詳盡。他本身在中東住過幾年，從稿費中得到的財產也足以讓他到世界各地去旅行，帶著他的太太及龍鳳胎。他所寫故事的背景都有根有據，得到的名聲令他能夠參觀各國的間諜機構，連俄國的情報總部都考察過，所寫的地方真實感十足。

原來是天主教徒的他，因太太是以色列人，入了猶太教，這讓他擁有了進入Mossad（以色列情報和特殊使命局）的通行證。小說中的間諜頭子，作者用真實人物梅爾．達甘（Meir Dagan）為原型，梅爾近年才去世，更令讀者相信書中的故事。

以艾隆作為主人公的小說一共寫了十九部，一部比一部暢銷，除了《暗殺大師：尋找倫勃朗》（The Rembrandt Affair）之外，都製成了有聲書，若旅行時舟車勞頓，也可以聽來消磨時間。

比其他殺手小說更上一層樓的是，作者對藝術世界的認識甚深，尤其是對古典作品，那些被盜取的名畫也成為作者的寫作素材。歷年來，這些贓物變成黑社會人物及各國政要洗黑錢的工具，款額是個天文數字。

作品中經常出現的名畫收藏家朱利安・伊舍伍德（Julian Isherwood）亦像藝術界的真實人物，此人亦邪亦正，也是讀者非常喜歡的。

那麼多年下來，艾隆逐漸年紀大了，Mossad 的頭目也渾身病痛，他一直想把這個崗位傳給艾隆，但艾隆十分不願意，一有空就躲在小島上做他的名畫修復。最終在不得已之下，艾隆只有接受。近來這幾部小說中，出現了另一個英國殺手克里斯多夫・凱勒（Christopher Keller），被認為是艾隆的接班人，讀者們可以放心，今後小說中的動作部分由這個人物去承擔，不怕艾隆老去。

愛情部分，艾隆身邊不乏有智慧又勇敢的女間諜或女恐怖分子，但艾隆只對她們發於情，止於禮。直到在《暗殺大師3：懺悔者》（The Confessor）這部小說中，出現了一個猶太教會拉比的女兒基婭拉（Chiara），她甚至肯為艾隆犧牲性命，後來才成為他的第二任伴侶，雖然艾隆還是時常罪惡感十足，要去探望在養老院的前妻。

總之，丹尼爾·席爾瓦的作品中時常帶著二十世紀初期的英文偵探小說風範，這可以在他的第一本書《不可能的間諜》（The Unlikely Spy）中看到。這本書情節曲折，是一本非常值得閱讀的書。

第二本《國家陰謀12：刺客印記》（The Mark of the Assassin）和第三本《行進的季節》（The Marching Season）以邁克爾·奧斯本（Michael Osbourne）作為主人公，但這兩本之後他就消失了，也可一讀。

丹尼爾·席爾瓦本人戴著眼鏡，身材瘦削，西裝筆挺，像一個大公司的行政人員多過小說家。每一部佳作發表後，他都會做巡迴演講，在網路上也可以找到他的各個訪問。

《紐約時報》的暢銷書排行榜中，他占第一名的作品眾多，那為什麼至今還沒拍成電影呢？《007》之後，這一類電影的大監製已經絕跡，多次有人向他買版權，都被他提出的條件難倒，他稱自己是好萊塢的噩夢。

如果拍電影的話，那麼多部小說，那麼長的製作時間，要拍到幾時？好在有《冰與火之歌：權力遊戲》出現，書可以拍成長篇連續劇。作者看中了這種方式，和米高梅電影公司簽了約，製作人是《冰血暴》（Fargo）、《使女的故事》（The Handmaid's Tale）的原班人馬，作者才信得過。

拭目以待，丹尼爾．席瓦爾的書一定會拍成很精彩的長篇連續劇。

有聲書的世界

我從多年前開始，就再三呼籲，請愛書籍的朋友接觸一下有聲書吧！眼睜一疲倦，沒有什麼好過聽書，聲音又像母親向子女朗讀，有機會試試，是莫大的幸福。

有聲書最初是向愛好文學的視障者提供，對一般人來說，在空閒的時候，尤其是在堵車途中，聽小說或詩歌怎麼說也好過聽流行曲。

當美國已經把有聲書發展成出版行業的重要商業市場時，我們還以為這是賺不了錢的，就算投資，也會很容易被盜版，得不償失。

漸漸地，內地已經覺醒，開拓了聽書市場。帶頭的是「喜馬拉雅」，他們進一步利用FM（調頻）電台，流量已經占到市場的百分之五十以上，最暢銷的著作能有八千萬到一億五千萬人收聽。其平台用戶數逐漸增長，目前用戶量已突破二億六千萬人。

其他平台不斷加入戰場，喜歡看書的網友「蠹魚漫遊」最近給我介紹了一個叫「微信讀書」的App，更有數不清的佳作供我細聽。我在靜養的這段時間更加重視有聲書，當今已經養成習慣，睡前不聽書不能入眠。新作品不斷出現，我也不停地搜尋喜歡的。

最好、最成熟的聽書網站是Audible.com（亞馬遜有聲書），本來只限於英文書，當今看準了內地巨大的市場，已有一個中文線上平台Audible in Chinese。初翻一下，已有《戰爭與和平》（War and Peace）、《老人與海》（The Old Man and the Sea）、《咆哮山莊》（Wuthering Heights）、《少年維特的煩惱》（The Sorrows of Young Werther）等等外國名著的中譯版，當然也少不了中國文學如《駱駝祥子》、《三國演義》等等。

也許這些書你年輕時已經讀過，當今重溫，又有不同感受。好書是可以一聽再聽的，像金庸作品，可以在「金庸聽書」App中找到所有著作，除了普通話，也有粵語和其他方言版本，聽起來特別親切。如果你想接觸聽書世界，我大力推薦。

當然，聽原文是一大享受，Audible.com 除了有中英文讀物之外，還有歐洲各國語言的讀物，另有日文、印度文的等等，是全面的。

現在的中文聽書平台還處於嬰兒階段，沒有美國的那麼厲害，也請不到高手來錄音，像微信讀書，有些作品只用了文字轉聲音的軟體，以機械聲讀出。不過對於不值得用眼睛去看的書，像東野圭吾的作品，我也能忍受下來，聽完他所有著作。

中文平台上，一些冷門的翻譯作品也有人欣賞，像《羅莉塔》（Lolita）、《剃刀邊緣》、《人間失格》（No Longer Human）等等，但多數聽者還是會選《盜墓筆記》和《鬼吹燈》等。

邊看文字邊聽書也是一種體驗，很多機械聲的書都有原文刊載，喜歡看讀的人聽起來是雙重享受。

至於聽英文書，我一向不喜歡聽美國腔的，尤其是加州口音的美國大兵的英語，我對這種英語有強烈的反感，他們每一句話的尾音都如問句般提高音調。

英語講得最好的當然是英國人，美國人只有極少數，這麼多年來也只有葛雷哥萊・畢克（Gregory Peck）講得好，近年當然有演《小丑》的瓦昆・菲尼克斯。

我認為電影中有一點知識的角色，都要叫英國演員來出演才有說服力。像安東尼·霍普金斯（Anthony Hopkins）、蓋瑞·歐德曼（Gary Oldman）、米高·肯恩（Michael Caine）、伊恩·麥克連（Ian McKellen）、史恩·康納萊（Sean Connery）等，他們的聲線都經過嚴格的舞台訓練，字正腔圓，字字聽得清清楚楚。尤其是約翰·吉爾古德（John Gielgud），聽他念莎士比亞的十四行詩，簡直是天籟之音。

最近我在Audible.com找到兩部小說，由知名演員讀出，一部是由班奈狄克·康柏拜區（Benedict Cumberbatch）讀的《Sherlock Holmes: Rediscovered Railway Mysteries and Other Stories》（福爾摩斯：再現鐵路之謎和其他故事）。小時候看過福爾摩斯小說，當今重溫，覺得實在易讀，引人入勝，又可以在有聲書中把所有的福爾摩斯小說找出，重聽一遍。

另一部叫《The End of the Affair》，中文名譯為《戀情的終結》或《愛情的盡頭》，詞不達意。「affair」這個詞一定包含了婚外情之意，譯成《情事已逝》還有點意思。作者葛拉罕·葛林（Graham Greene）把婚外情寫得非常詳盡，雖有性意，但一點感覺也沒有，簡直應了「No sex please, we are British」（不要色情，我們是英國人）這句話。小說的精彩在於主人公的內疚和慚愧，感動了所有發生過婚外情的男性讀者。這本有聲書由名演員柯林·佛斯（Colin Firth）讀出，聽他娓娓道來是極大的享受，不容錯過。

單口相聲

越來越不喜歡美國，除了他們的好萊塢電影、爵士音樂和 Netflix。也很受不了西部牛仔式的美國腔英語，不管多美的少女講出來，都感到刺耳。最佩服的是他們什麼都可以拿來開玩笑，連總統也可以公開諷刺，這是世界上任何一個國家都做不到的。

單口相聲是美國人的一大專利節目，其他地方的人很難模仿，要有很高的智慧才能享受得到，也需要對美國流行文化有很深的認識。

很多單口相聲演員，一出來就嘲笑川普，他的口音、他的手勢、他的神情等，都最容易模仿。學得最像的是亞歷．鮑德溫（Alec Baldwin），他的諷刺還常被當成新聞來播出。另外還有達瑞爾．哈蒙德（Darrell Hammond），模仿川普已是他的終身職業，其表演也被用來製作電視專題。

深夜節目的主持人詹姆斯．科登（James Corden）以及史蒂芬．荷伯（Stephen

Colbert）一出場，必先諷刺川普一下。他們的樣子不像川普，但是聲調卻能扮得一模一樣，這實在需要才華。

另外一個冒牌川普是崔弗・諾亞（Trevor Noah），這個從南非來的喜劇聖手在二〇一五年接手了熱門節目《每日秀》（The Daily Show with Trevor Noah）。觀眾並不看好他，因為原來的主持人喬恩・史都華（Jon Stewart）太過深入民心，大家以為沒有一個接班人可超越他。

可是，崔弗漸漸顯出他的才華，曾飽受種族隔離之苦的他道出了無數民族的辛酸，而美國都是由這些外來人民支撐下來的。

崔弗很有眼光，他看中了華裔單口相聲演員錢信伊（Ronny Chieng）。錢信伊原是馬來西亞華裔媒體人，他同樣在西方社會飽受歧視，故將本身的經驗化為深度的諷刺。看著他一步步地成長，實在令人欣慰。目前，他已有個人的舞台表演，拍成節目後在 Netflix 播出，非常好看，不容錯過。

表演單口相聲不是一個容易做到的行業，需要急智，也需要超人的記憶力。演員們一個人站在台上，一說就是兩個小時，能做到的人並不多。

佼佼者還有萊尼・布魯斯（Lenny Bruce）、路易 C.K.（Louis C.K.）等等。當然，

別忘記伍迪．艾倫（Woody Allen）和史提夫．馬汀（Steve Martin）等電影明星都是這行出身的。

所有的單口相聲演員中，最厲害的還是羅賓．威廉斯（Robin Williams）。此君學誰像誰，說笑話像是他身體的一部分，開口成章，任何嚴肅的場合，只要他一出來，即刻上演一場停不了的鬧劇。

他用的材料是無窮盡的，而且一層又一層推進，加上身體語言，已經進入瘋狂狀態。很多學者分析他一定是在古柯鹼藥物的影響之下才能做到如此，但更多人相信他有天生的才華，一觸動了就不可休止。

印象最深的是他和一個叫史蒂芬．弗萊（Stephen Fry）的英國演員一同出場，最初乖乖地坐在弗萊身邊，插不進嘴，因為弗萊自稱是位學者，又不苟言笑，同時還是個同性戀者。過了一陣子，威廉斯終於忍不住，弗萊說的嚴肅學術題材他總可以鸚鵡學舌式地模仿，再加入自己獨特的惹笑發言來搶鏡頭，但笑料不低俗，弄得弗萊啼笑皆非。

這個片段在 YouTube 上還找得到。其實威廉斯的眾多演出已成為經典，都可以從網路上找來重溫，是一流的視覺和聽覺享受。

可以和威廉斯匹敵的，有李察·普瑞爾（Richard Pryor），大家都知道他要靠藥物才能上台，有次還因用舊的吸食器爆炸而受傷。其他黑人單口相聲演員有克里斯·洛克（Chris Rock），還一直在表演；凱文·哈特（Kevin Hart）也是成功的一個。還有已被遺忘的艾迪·墨菲（Eddie Murphy），最近他東山再起，但拍的《我叫多麥特》（Dolemite Is My Name）並不好笑。

女性單口相聲演員也不少，出名的有瓊·瑞佛斯（Joan Rivers）、菲利斯·狄勒（Phyllis Diller）等，都已是老牌演員了。新出來的有艾米·舒默（Amy Schumer），她拚命搞笑，但並不是天才，所拍的電影也都失敗。

較為突出的是《週六夜現場》（Saturday Night Live）的成員克莉絲汀·薇格（Kristen Wiig）、安娜·蓋斯泰（Ana Gasteyer）和凡妮莎·拜爾（Vanessa Bayer）。黑人女演員有萊絲莉·瓊斯（Leslie Jones），她在節目中經常勾引報新聞的科林·約斯特（Colin Jost），簡直是他的噩夢。

但最瘋狂的應該是凱特·麥金儂（Kate McKinnon），她從前經常扮演希拉蕊，很像。其實她什麼人都模仿，令人留下印象的還有學小賈斯汀（Justin Bieber）賣內褲的廣告。她也經常調戲她的對手希絲莉·史壯（Cecily Strong），捏捏她的乳房，但不猥褻。

對單口相聲表演者來說，最難對付的是一群不笑的觀眾，這時要破冰，只有用粗口或性行為來開玩笑。當今觀眾喜歡俗，也沒有辦法，但出到這一招，已是最低限度，也是最有效的了。

一定需要觀眾的反應，表演者才越說越有信心，也越說越好笑。近來受疫情影響，大家只有在家裡做節目，真奇怪，即便是高手，也搞不出笑料來。

電影火鳳凰

在一般觀眾眼中，《摩登情愛》（Modern Love）只是一部清新的愛情劇集，由亞馬遜的串流媒體平台 Prime Video 播出，但它最近在網路平台上點擊量極高，絕對是不可忽視的小製作劇集。

我看到一個革命性的創舉，如果香港電影能走上這條路，這將是一條光明大道，能夠令已經死去的香港電影重浴火焰，變成一隻不死的火鳳凰。

先介紹這部劇。它改編自《紐約時報》的專欄故事，敘述發生在紐約的八個小故事，每一集都是三十分鐘，探討愛情、友情和家庭。

第一集叫《當門衛變成閨密》，講的是住在公寓中的一個單身女子，她生命中最可靠的朋友是一個門衛，他不管天晴天陰都能像家庭成員一樣照顧她。他幫她看男人時，看的從來都不是男人，而是她的眼睛。單身女孩人生經驗尚淺，她的男友離她而去，她獨自生下了一個孩子。門房一直在她身邊鼓勵和支持著她，兩人沒有曲折的愛情故事，但有強烈的人與人之間的關懷。

第二集《當八卦記者化身愛神丘比特》講一個網路婚姻介紹所的老闆，自己卻得不到伴侶，直到遇到一個青春已逝的記者，看到她失去愛人的經歷，才了解怎麼去追求真愛。

第三集《愛我本來的樣子》講一個躁鬱症女人怎麼走出自己這個不可告人的病態。

第四集《奮戰到底》講一對互相沒有話可說的夫妻怎麼透過打網球去維持瀕臨破裂的婚姻。

第五集《中場休息：醫院裡的坦誠相見》講一對男女在約會中發生意外，女的一直在醫院中照顧男的，彼此坦誠相見加速了感情的升溫。

第六集《他看起來像老爸。這只是一頓晚餐吧？》講公司裡的女職員和她的上司的一段感情。起初女職員以為對方只是一個像自己爸爸一樣的人物，後來改變主意去愛他。

第七集《她活在自己的世界裡》講一對同性戀者怎麼去收養一個嬰兒的故事。

第八集《比賽來到最後一圈　變得更加美好》講一對跑步愛好者在老年競跑活動中相識相戀，但男的不幸去世的故事。

單單看這些片名，已知道一般公映的好萊塢片子是不會用的，現在該劇集只在串流媒體平台上放映，打破了高昂發行費的限制，自由奔放，想怎樣取名就怎樣取名。

故事也不完整，一般觀眾會認為沒頭沒尾，但不要緊，你不必花錢去看，亞馬遜的 Prime Video 特別聲明它是零觀賞費的。

該劇集也不是完全由無名演員出演，紐約有很多演員願意收取很低的出場費去獲得一個自己能發揮的演出機會，故演員表中有安・海瑟薇（Anne Hathaway）、蒂娜・費（Tina Fey）、凱薩琳・凱娜（Catherine Keener）、安迪・加西亞（Andy Garcia）等。其他主要演員也許你沒有聽說過，但都是熱愛電影的人士，有我喜歡的金髮小女孩朱莉亞・加納（Julia Garner）。此妞非常拚命，盡量爭取演出機會，二〇二〇年拍的《助理》（The Assistant）全片製作費才一百萬美元，所得片酬應該比她演的電視劇《黑錢勝地》（Ozark）少得多。

演婚姻介紹所老闆的是印度演員戴夫·帕托（Dev Patel），他從《貧民百萬富翁》（Slumdog Millionaire）開始就演過多部重要的電影，此片中他演的角色已跳出國界。

其他名演員也都不是為錢而來，也許他們認為自己是紐約人，應該為宣傳紐約多做一點事。而且，此片已得到很多電視劇的獎項提名，得到單元劇的男女主角獎的機會極高，大家都願意參與一份。

話講回來，如果有任何投資者夠眼光，就應該去辦一個華人的串流媒體平台，全世界的華人集中起來，市場已無限大。先出資買舊的電影和電視劇，再製作一些清新的電影打頭陣，這將是一個打破傳統電影院上映模式的機會。至於人才，香港有大把，黃金年代的功夫片、僵屍片以及各種富有娛樂性的片子將會得到重生。這個市場是因為得不到創作自由而滅亡的，只要讓大家放手去幹，一定能夠殺出一條血路。

串流媒體製作已經在美國定型了，也證實可以成功。大家可以打破明星制度，不必付巨額費用去請他們，有才華的年輕人多的是。串流媒體電影不需要大牌演員來保證票房，而且一大堆老演員都等著開工，降低片酬來演出是他們樂意去做的事。

當今 Netflix、Prime Video、Apple TV、HBO、Disney 等等都已進入戰場瓜分好萊塢的市場，我們還等什麼？

串流媒體天下

在家裡，電視節目無聊，好在有「串流媒體」救命，否則會悶出神經病來。對不接觸科技的人來說，有沒有串流媒體無所謂；對我這種愛看電影、電視劇的人來說，它簡直是救命恩人，現在天天靠它，才能入眠。

最典型的串流媒體平台，也是香港人最熟悉的，就是 Netflix 了，當今的新電視機上已替你安裝好，一按就能看到。不然在平板電腦或手機上下載 App 即可，簡單得很。

Netflix 是一個無底深淵，上面什麼電影、電視劇都有，多得看不完。西方流行的笑話是：花在尋找上的時間，多過看節目的時間。

是的，Netflix 上的節目太多太雜了，之前節目不錯，當今已有粗製濫造的趨勢，令人有點麻木。還是推薦大家去看 Prime Video 吧，這是大集團亞馬遜生出的

「愛嬰」，財勢雄厚，要製作什麼節目都行，也不怕虧本。但他們不是鬧著玩的，眼光闊大而精準，實在來勢洶洶，是 Netflix 的一大對手，把 Disney、HBO、Apple TV 拋得遠遠的。

怎樣上線看呢？找到 Prime Video 的 App，即刻可以下載。要付月費，像台灣，月費是五點九九美元，一點也不算多。香港可以試看七天，之後收費和台灣一樣。

Prime Video 最初並不注重中文市場，許多節目沒有中文字幕。台灣用戶可以收看繁簡體中文字幕並用的內容，但還不完善，用中文尋找片名還是有困難。但對懂得英語的觀眾來說，一點問題也沒有，而且他們針對的也是這類觀眾。

Prime Video 雖然有各種別人製作的節目，但還是以自製的為主。我當今追的有《了不起的麥瑟爾夫人》（The Marvelous Mrs. Maisel）和《律政巨人》（Goliath）。前者從二〇一七年開始播第一季，到二〇一九年播第三季，第四季也即將到來（《了不起的麥瑟爾夫人》第四季於二〇二二年二月十八日播出。本文寫作時間在此之前），講一個單口相聲演員的故事，觀眾會一步步地喜歡上她，一直追看下去。

當然，能欣賞這部劇集的人首先要喜歡紐約，它以二十世紀五十年代末至六十年代初為背景，和《廣告狂人》（Mad Men）是雙胞胎，一部嚴肅，一部搞笑。

女主角麥瑟爾夫人被先生拋棄後自力更生，以表演單口相聲為生，闖出自己的一片天地。製作甚肯花錢，在服裝和道具上都很考究，一一重現當年的風格。又加上當年的流行音樂，時而載歌載舞，像在看一場音樂劇，喜歡上了就不能甘休。

女主角身邊的人物，像演經理人的艾利克斯・布斯汀（Alex Borstein）和演她父親的東尼・沙霍柏（Tony Shalhoub）的演技更無懈可擊，後者演的《神經妙探》（Monk）早已深入民心，演什麼像什麼。

此劇得獎無數，艾美獎更不在話下。還沒看時不能了解為什麼那麼厲害，一看上癮後便能明白製作人兼劇作者的苦心。艾米・薛曼—帕拉迪諾（Amy Sherman-Palladino）的父親是個單口相聲演員，她當然受了影響，細心地考據當年的資料，將故事活生生地描述出來。

當然，如果能夠了解猶太人的文化，那麼看起來更會津津有味。美國娛樂界被猶太人控制，他們會在電影、電視上一一滲透他們的習俗和人文關係，像割禮、婚禮和家庭聚會等等，一有機會便拚命介紹。這種手法並不令人討厭，可以引起其他族群的共鳴。

另一部劇集《律政巨人》依靠好演員支撐，主角比利・鮑伯・松頓（Billy Bob

Thornton）的演技是無可置疑的。該劇講述了一個落魄的律師怎麼去為無辜的受害者爭取公道。主角強，配角要更厲害才行，演他對手的是威廉．赫特（William Hurt），以前常演謙謙君子，這部劇中當反派，演得精彩絕倫。該劇一共四季，每季都值得追看，男主角菸抽個不停，是不是有菸商私底下贊助，不得而知。

除了這些，值得追的還有《邋遢女郎》（Fleabag），講一個不修邊幅的女子怎麼在社會上生存下去的故事，當然很受女權人士歡迎。

《謎離時空》（Undone）由動畫片《馬男波傑克》（BoJack Horseman）的製作班底創作，用奇異的畫面來講八個短故事，很受觀眾歡迎。

《傲骨博斯》（Bosch）是另一部拍得很好的劇集，男主角泰托斯．韋利弗（Titus Welliver）之前專扮反派，想不到演技如此精湛。

《歸國》（Homecoming）就用上大明星茱莉亞．羅勃茲（Julia Roberts）了，講退伍軍人的創傷，相當沉悶，但為了女主角也可一看。

《黑袍糾察隊》（The Boys）講的是反當今的超級英雄，娛樂性較高。由科幻大師菲利普．狄克（Philip K. Dick）的小說改編的《高堡奇人》（The Man in the High Castle）也很好看。

如果你能接受印度片，Prime Video上有不少印度作品。他們看準了印度這個龐大且無諸多限制的市場，提供無數可以看的節目，眼光獨到。

平台上還有很多供應給小孩子看的節目，較為反傳統，用來搶Disney的觀眾。

有串流媒體平台實在好，當今的科技還不成熟，等到5G、6G到來（現已有5G，本文寫作時間在此之間），幾秒鐘就可以下載一部片的話，所有的好萊塢電影和中國舊片都能即刻看到，到時又是一個熱鬧的局面。

寶

請各位讀者原諒，我今天又要談從串流媒體中得到的樂趣了。

從前我很不喜歡在文中提到電視節目，認為這是沒有生活情趣的寫作者才會涉及的內容，不然有美食、旅行等大把題材，何必談這些躲在家裡才能接觸到的東西？不過當今是例外，我們都因為疫情而被鎖在家中，看電視上的串流媒體節目變為我生活的一部分，只有一談再談了。

我還以為自己很先進，會用新科技欣賞串流媒體這種新媒體，但當我看到了《叢林中的莫扎特》（Mozart in the Jungle），才知道我自己很落後，這個串流媒體的電視節目早在二〇一四年就開始播出，我是多麼後知後覺！

一共拍了四季，我不休不眠地追著看，像著了迷。每季十集，每集三十分鐘，總共二十個小時的戲，我不一口氣看完不肯甘休。我現在要鄭重地把它介紹給大家，千萬別錯過這顆寶石。

講的是什麼？紐約的交響樂樂團成員的故事。這絕對不是人人喜歡的題材，實在小眾得要命，就連美國也可能只有紐約人能接受。紐約是獨特的，只有紐約那麼高文化水準的地方才能製作出那麼標青（出眾）的節目來。而香港是接近紐約的都會，相信也有人會欣賞。

製作團隊的主力是羅曼．柯波拉（Roman Coppola），你猜對了，他是大導演法蘭西斯．柯波拉（Francis Ford Coppola）的兒子，導演蘇菲亞．柯波拉（Sofia Coppola）的哥哥，作曲家卡麥．科波拉（Carmine Coppola）的孫子。這家人都特別有天分，祖父留給他的音樂細胞令他很小便與作曲家、音樂家為伍，講述這個故事對他來說的確是如魚得水。

他從小愛電影、音樂和旅行，並不在乎在劇集中擔任什麼角色，認為只要能參與，已是最大的幸福。他參與製作的有《犬之島》（Isle of Dogs）、《大吉嶺有限公司》（The Darjeeling Limited）等片子。

看過了布萊爾・廷德爾（Blair Tindall）寫的回憶錄《叢林裡的莫札特：性、藥與古典音樂》（Mozart in the Jungle: Sex, Drugs and Classical Music）之後，他就決定將其改編成視覺作品。製作成電影不可能，因為只能縮成兩三個小時，這部戲全靠人物描寫，串流媒體的長篇電視劇才能充分表現。這部戲也沒有什麼很好的故事結構，只是講樂團中的各個人物，慢慢描述，讓觀眾一個個地愛上他們，就成戲了。

主角是年輕指揮家，選中了蓋爾・賈西亞・貝納（Gael Garcia Bernal）這位墨西哥演員來出演，他透過《革命前夕的摩托車日記》（Diarios de Motocicleta）和《你他媽的也是》（Y tu mamá también）等片已被西班牙語系的觀眾熟知，許多名導演都很愛用他。年輕指揮家在現實生活中真有其人，委內瑞拉指揮家古斯塔沃・杜達美（Gustavo Dudamel）得了無數的指揮家獎，教皇尤其愛看他的表演。古斯塔沃也組織兒童交響樂團，並擔任洛杉磯愛樂樂團的音樂總監。在這部戲中，總能看得到他的影子。

女主角蘿拉・柯克（Lola Kirke）本身也會吹雙簧管這種樂器，每天演奏五六個小時。雙簧管是最難吹得精準的，交響樂團演奏時，是用它來調準音調。這樂器我在以前的文章中也提過，蘇美璐說是她最喜歡的。因為原著作者也吹雙簧管，請蘿拉來演是理所當然。

講那麼多，不愛聽古典音樂的觀眾會不會覺得沉悶？一點也不會。劇中選的多是膾炙人口的曲子，而且每集只有半小時，也不能都奏完，劇中聽起來恰到好處，從未接觸過古典音樂的觀眾聽來頗感親切，而且會逐漸愛上。全劇看完，等於上了一堂音樂課。

第三季加了莫妮卡・貝魯奇（Monica Bellucci）演出名女高音，原型是瑪麗亞・卡拉絲（Maria Callas）。已經五十二歲的莫妮卡全裸演出，不覺衰老。

劇中的人物都是敢做敢愛的，他們熱愛音樂，也熱愛人生。劇情輕輕鬆鬆，看得有趣。

值得一提的是配角貝爾納黛特・彼得斯（Bernadette Peters），她人長得漂亮，身材又好，歌唱得精彩，就是在好萊塢紅不起來。她演交響樂團的經理人，不斷地為樂團找尋贊助者，又要安撫這群瘋子，演得出色。編導也找了個機會在劇中唱了幾首動聽的歌。

演過氣指揮家的是麥坎・邁道爾（Malcolm McDowell），大家還記得他是《發條橘子》（A Clockwork Orange）的男主角。這角色要不擇手段地死站在舞台上，演藝圈中有很多這種人物，由他來演，特別活生生。

把藝術和娛樂糅合在一起的劇並不多，看了能提高自己的水準的更少，這部得獎無數的長篇劇是非常非常難得的，我看完也為製作人捏一把汗，不知道他們怎能說服投資者讓他們拍出來。

不過，該劇到最後只拍了四季，還是被腰斬。儘管眾多觀眾為此表示遺憾，但事實歸事實，救不起來，拍不下去。

可惜呀可惜。

大家要看的話，當 Prime Video 會員吧，沒有幾個錢的。

搜尋些什麼？

有很多網友問我：你用什麼型號的 iPad？常用的 App 有哪幾種？

我的 iPad 一向是最新的，沒去記是什麼型號，總之是容量最大的 iPad Pro，更新的一出，我一定換。我覺得如果能用錢買來每天必用的工具，是很便宜的事。舊機有很多部，都送友人，他們不追新款，並不介意。

一開機，畫面是一尊如來佛像，旁邊的備前燒花瓶中有怒放的粉紅色牡丹花，這是在家中拍的。我很喜歡佛像似笑非笑的表情，而牡丹花，如果有荷蘭運來的，必買。牡丹花花期雖然不長，只可擺三四天，但我見到就開心。

主畫面上的第一個圖示是相機，我已習慣用 iPad 來拍照，如果外出，則用 iPhone，反正幾乎同時就能傳到 iPad 上。

旁邊的是照片，已經拍了三萬一千多張照片，整理及刪除起來是一大工程，所以我盡量不去碰，讓它不斷增加好了。

相簿中從前有許多食物的照片，當今已不大去拍了，貓的照片反而是最多的，每種形態及表情都留下，有一天學用毛筆畫貓時，可以當成參考資料。

書法的照片也無數，我一看到新的字形，必定拍下。啊，原來這個字可以這麼寫！好的句子當然也拍了，練書法時可以寫寫。最近拍有很多書齋的名字，像「抱膝吟齋」、「竹軒」、「半日閒齋」、「望雲小舍」等等，自己是不用了，如果有人喜歡，可讓給他們。

主畫面上還有一個《草書書法字典》App。最近草書字帖看得最多，自己寫字運用得上，但也不能一一記得清楚。大家以為草書糊裡糊塗，但馮康侯老師教導的是，草書最為嚴謹，一筆一畫都應該有出處，一錯了就變別字，所以我寫完草書後一定查一查，免得鬧笑話。

時鐘也常用。我最為守時，每天要看很多個鐘，牆上有太陽能兼電波指示的掛鐘，一分一秒從無差錯，手錶也有此等功能。用上了，其他鐘錶都覺得靠不住，尤其是那種幾萬、幾十萬的名貴機械手錶。

iPad 上的這個時鐘，還可以看到世界各地的時間，打電話給別人時先看看，才不會三更半夜擾人清夢。

再下來就是各個社交平台了。微博我當然每天更新，微信也相同，Instagram 就交給同事去管理了，不然太花工夫。

Facebook 也每天會看，我一發訊息就同步在微博、微信、Facebook 這三個媒體上。Facebook 我經營得又慢又少，看的網友也不多，不過可以聯絡上一些失去的朋友，真感謝它。近來香港的網友增加不少，又有許多日本、新加坡、馬來西亞的，所以會不時地更新。

接下來便是娛樂了。串流媒體平台 Netflix 前些時候看得最多，但近來節目有太雜的傾向，不過我還是會不停地去發掘新節目。目前看得最多的是亞馬遜的Prime Video，他們的製作水準最高，自從看了他們製作的《叢林中的莫扎特》之後，更佩服得五體投地，變成這個平台的頭號粉絲，幾乎將他們的所有節目都看了。

Now Player也常看，原因是它有一個付款才看得到的電影台，一有新作，我當然不會放過。錢多少我也不在乎，我一向認為只要給錢就能得到歡樂的話，付多少錢都是值得的，只嫌節目不夠多罷了。

其他的節目台像HBO GO也在手機上，這個台亦相當夠水準。雷聲大而雨點小的是Apple TV，除了《晨間直播秀》（The Morning Show）之外，就沒什麼好看的。他們不是沒有錢，只是眼光太淺，當今的總裁也沒什麼才能，如果賈伯斯還在，絕對不會讓他的招牌淪落到目前的地步。

至於Disney台，我已沒什麼興趣，在其他地方看了他們的新作《花木蘭》，更失去信心。

其他的App多是字典。《康熙字典》我常查，《書法字庫》少不了，《現代漢語詞典》可以勉強應付單字。《中文字典》、《中日日中辭典》、《日華華日辭典》、《英漢雙解詞典》、《翻譯全能王》等都有時翻翻。

但用得最多的是Google，中英、英中翻譯，它比所有的字典還要強，詩詞句子的出處也要靠它查。一對節目有好奇，或在電影上看到製作者和演員，我都會上Google查，它滿足了我一部分好奇心。這搜尋引擎實是強大，將一切知識都存入，我已是沒有它不行。它也有聲音搜尋的功能，許多朋友都用口指示，但我到現在還用不慣。

同類的百度令我非常失望，所有的資料都不齊全或不相符，為什麼連中文的百科全書都做不好？應該打屁股。

學問是每天做了，有時會覺得悶，那麼只好靠《瘋麻將16張》這個App去解解悶。在網路上打麻將打得多了，和朋友打麻將時常贏，我覺得三人陪你，還要收他們的錢，有點不好意思。

第五章

人間好玩才值得

淺嘗

口味跟著年齡變化，是必然的事。年輕時好奇心重，非試盡天下美味不甘休。回顧一下，天下之大，怎能都給你吃盡？能吃出一個大概，已是萬幸。

回歸平淡也是必然，消化力始終沒從前強，當今只要一碗白飯，淋上豬油和醬油，已非常滿足。當然，有鍋紅燒豬肉更好。

宴會中擺滿一桌子的菜已引誘不了我，只是淺嘗而已。「淺嘗」這兩個字說起來簡單，要有很強大的自制力才能做到，而今只是沾上邊。

和一切煩惱一樣，把問題弄得越簡單越好，一切答案縮小至加和減，像電腦的選擇，更能吃出滋味來。我已很了解所謂一汁一菜的道理，一碗湯，一碗白飯，還有一碟泡菜，其他的佳餚，用來下酒，這吃一點，那吃一點，也就是淺嘗了。

吃中菜及日本、韓國料理，淺嘗是簡單的，但一遇到西餐，就比較難了，故近年來也少去西餐廳。去西歐旅行時總得吃，我不會找中餐館，西餐也只是淺嘗。

西餐怎麼淺嘗呢？全靠自制力。到了法國，再也不去什麼所謂精緻菜（Fine Dining）的三星級餐廳，找一家小酒館好了，想吃什麼菜或肉，叫個一兩道就是。

如果不得已，我便先向餐廳聲明：「我要趕飛機，只剩下一個半小時時間，可否？」老朋友開的食肆，總能答應我的要求。沒有這個趕飛機的理由，一般的餐廳都會說：「先生，我們不是麥當勞。」

當今最怕的就是三四個小時以上的一餐，大多數菜又是以前吃過的，也沒什麼驚豔的了。依照洋人的傳統去吃的話，等個半天，先來一盤麵包，燒得也真香，一餓了就猛啃，主菜還沒上已經肚飽。如果遇上長途飛行和時差，已昏昏欲睡，倒頭在餐桌上。

已不欣賞西方廚子在碟上亂刷作畫，也討厭他們用小鉗子把花葉逐一擺上，更不喜歡他們把一道簡單的魚或肉，這加一些醬，那撒一些芝士，再將一大瓶番茄汁淋上去的作風。

但這不表示我完全抗拒西餐，偶爾還會想念那一大塊幾乎全生的牛排，也要吃他們的海鮮麵或蘑菇飯。

全餐也有例外，像韓國宮廷宴那種全餐，我是喜歡的，吃久一點也不要緊，他們上菜的速度是快的。日本溫泉旅館的，全部拿出來，更妙。

目前高級日本料理的用餐方式「omakase」在香港大行其道，那是為了計算成本和平均收費而設，叫做「廚師發辦」（又稱「無菜單料理」）。我最不喜歡這種制度，為什麼不可以要吃什麼叫什麼，那多自由！當今的壽司店多數很小，只做十人以下的生意，也最多做個兩輪，他們得把價錢提高，才能有盈利，你一客多少，我就要賣更貴一點，才與眾不同。當今每客五千以上，酒水還不算呢，吃金子嗎？我認為最沒趣了。

像「壽司之神」的店，一客幾十件，每一件都捏著飯，非塞到你全身脹到不行，也不是我喜歡的。吃壽司，我只愛「御好」（Okonomi），愛什麼點什麼，捏著飯的可以在臨飽之前來一兩塊。

很多朋友看我吃飯，都說這個人根本就不吃東西。這也沒錯，那是我一向養成的習慣。年輕時窮，喝酒要喝醉的話，空腹最佳，最快醉。但說我完全不吃是不對的，我不喜歡當然吃不多，遇到自己愛吃的，就多吃幾口，不過這種情形也越來越少。

從前大醉之後，回家倒頭就睡，但隨著年齡漸長，酒少喝了，入眠就不容易了，常會因飢餓而半夜驚醒。旅行的時候就覺得煩，所以在宴會上雖不太吃東西，但是最後的炒飯、湯麵、餃子等，都會多少吃些。如果當場實在吃不下去，就請侍者們替我打包，回酒店房間，能夠即刻睡的話就不吃，腹飢而醒時再吃一碗當宵夜。東西冷了沒有問題，我一向習慣吃冷的。

在外國旅行時，叫人家讓我把麵包帶回去也顯得寒酸，那怎麼辦？通常我在逛當地的菜市場時，總會買一些火腿、芝士之類的，如果有煙燻鰻魚更妙，一大包買回去放在房間冰箱，隨時拿出來下酒或充飢。

行李中總有一兩個杯麵，取出隨身帶著可以扭轉插上的雙節筷吃。如果忘記帶杯麵，便會在空閒時間跑去便利商店，什麼榨菜、香腸、沙丁魚罐頭之類的，買一大堆準備應付。用不上的話，送給司機。

在內地工作時，一出門堵車就要花上一兩個小時，只有推掉應酬，在房間內請同事們打開當地餐廳 App 叫外送，來一大桌東西，淺嘗數口，自得其樂，妙哉妙哉。

乘車到澳門

友人梁冬在香港鳳凰衛視任職時與我相識，我一直欣賞他的才華。當今他創辦了一家叫「正安」的公司，另有一個醫療中心，叫「問止中醫」，集中名醫為患者看病，調理病人的睡眠尤其見效。「正安」在北京和深圳各有分行數家，美國也有兩家。

被治好的病人經常集會，成立了梁冬粉絲團。這次他們在澳門相聚，梁冬要我也去一趟，向各團做一講座，我欣然答應。我們覺得也不必過於嚴肅，決定在龍華茶樓舉辦，一面飲茶吃點心，一面交談，輕鬆一點。

整個講座兩小時左右，我在澳門又沒有其他事，可以即日去即日返。當今有了港珠澳大橋，更是方便了。

怎麼一個走法？相信很多香港人還沒有走過，需時多久也少有人知道。先給大家一個概念吧，從香港市中心到赤鱲角的距離，另加一倍，就可以從香港去到澳門了。

我們常去旅行，到機場需要多少分鐘，大家會很清楚。乘車的話，經赤鱲角，轉入一條通往澳門的公路，當今少人通行，至少不會塞車。

這條路走到盡頭，就會進入一條海底隧道。出來之後，再上公路，行駛二十公里，便抵達澳門了。

我們在飛機上向下看，見那條很長的公路忽然進入一個島嶼式的建築中，就不見了。這到底是怎麼一回事？我這個方向白癡也一直想知道，為什麼不全程都用橋梁，從香港走到澳門呢？

要讓船經過呀，有人說。橋梁建得很高，小船從下面通過，是沒有問題的，但巨大的商船或郵輪就鑽不進去了。公路鑽入海底隧道，就是為了讓大船從上面過，我這次才弄明白。

要不要經過關口呢？當然要。為了避免交通的繁忙，這裡建了一個人工島，專門辦理進入澳門和珠海的手續。乘車的話，不必下車，把證件交給海關人員就是。出了香港關口，還要入境澳門。若一路很順利地抵達，全程需要多少時間呢？

這要看你問誰了，駕駛直通車的司機會告訴你，全程需要一小時十五分鐘。這個計算太過樂觀，我覺得非常非常順利的話，一個半鐘頭足夠。如果你約了人在澳門見面，預留兩個小時，就很保險了。

最多人問的第一個問題就是：「車費多少？」

直通車用的都是豐田的 Alphard 七人車，集團經營的每程約三千港幣，往返大概六千元。當然有些白牌的更便宜，但並不合法。

目前這種車並不多，因為發的牌照甚少，由抽籤決定，以避免澳門交通混亂。現今只有五百多輛，據說很快會增加。

一般遊客會嫌貴，但是一家老小前往，一輛車可乘六個人，行李不必搬來搬去，再扣去每人單程所需的兩百多元船票，有閒階層還是會利用的。尤其是怕暈船的人，更會考慮。

至於怎麼向大集團租車，上網找尋就知道。

上次到澳門，是和一群飲食界的朋友專程去友人廖啟承開的法國餐廳品嘗，地點在貝聿銘設計的澳門科學館，占地兩萬多平方英尺，樓頂極高。餐廳名叫 Le Lapin，法文意思是「小兔」。之前我在專欄中寫過，那已是三年多之前的事了。餐廳曾遭受一場大火，自動灑水器噴出的水淹至樓頂，好在藏酒沒受到損害。說到藏酒，這家在港澳可說是數一數二的，只要是你說得出的佳釀，都可找到。

經三年的全新裝修，二〇一九年十一月，餐廳重新開業，可說是浴火重生。這回吃的和上次完全不同，品嘗菜單（Tasting Menu）有十道菜，老闆兼主廚廖啟承特別花心思，道道菜有不同的口味，也不只是鵝肝醬、魚子醬和黑松露那麼簡單。廖啟承加上東方色彩來變化菜餚，像白麵豉鱈魚配茄子、油甘魚刺身配紅菜頭凍湯等，大膽創新。

這位世侄從小喜歡看書，我最疼愛。他知道我喜歡吃雪糕，專門為我做香草軟雪糕，是我此生吃過最軟綿、最惹味的。大家去，不可不試之。

中午那餐，帶大家去廖啟承的另外一家餐廳。那是他開來孝敬老父的大排檔，什麼小吃都有，食物種類是傳統的，但用食材將水準提升，非常美味。眾友人看到侍者，怎麼那麼面熟？原來都是法國餐廳的員工，他們白天到這裡來服務，報答店主在因火災休業這三年還是照發薪水給他們。

飽了，帶大家去買我最喜歡的葡萄牙芝士。它像一個迷你小鼓，切開上層的硬皮，裡面就有可以用茶匙來吃的軟芝士，非常美味，也很特別，價錢又不貴。只在一家餐酒進口商公司買得到，若想購入，得先打電話去預訂。

想去日本

在辦旅行團的那個階段，我差不多每個月都走一趟日本，當今好久沒去，記得上一次是農曆新年，專程去看顏真卿書法展，也覺得是很久以前的事了。

生活習慣上用很多日本東西，像牙膏、洗頭水和零碎的藥物，都已經用完，託人家帶總不好意思，得親自去買，實在是有點想念日本了。

這回去的話，最好是到京都，別走馬觀花了，得住上十天八天，探望幾個老友。其中一位叫川端，賣被單的，他的店我去過幾回，他就對我無微不至，雖住京都，卻是個大阪商人。大阪商人是種國寶級的人物，已經快要絕種，他們對客戶的服務是一生一世的，即使不是自己賣的東西，也會推薦。沒有試過，不知他們的好處。

京都的寺廟多得去不完，幾乎都去過，已無興趣。現在去是買些古董，還有價廉的碗碗碟碟，家中的家政助理打破又打破，所剩無幾。

當然得去我最喜歡的「大市」，這家賣甲魚的老鋪從三百多年前的元祿年間開始經營到現在，由第十八代傳人青山佳生接手。食物說一成不變也不是，把土鍋做得更耐熱，加上用備長炭（一種含碳量高的日本白炭），可以達到攝氏一千六百度的溫度，五分鐘就能將甲魚煮熟。甲魚自己飼養，用特別的養料，煮出又濃厚又清澄的湯來。總之，價錢多年不變，要賣到二萬四千日元一客。

更老的有「平八茶屋」，有四百多年歷史了，賣樸實的懷石料理。店裡的花園和建築古色古香，價錢也平民化，午餐才三千五百日元，晚飯一萬日元。作家夏目漱石在他的書中寫了又寫，確實值得走一趟。店鋪至今在做，客人來來往往。

住的應是我以前經常下榻的「俵屋」，就在市中心，略懂日本文化的人都會欣賞。目前許多友人都在京都買了間小屋住，如果他們肯讓我過一兩夜，倒是可以考慮，因為旅館不能自炊，在「錦市場」看到食材眾多，想在當地買了露一兩手廚藝。

在京都經過一些漬物店，我都會探頭看看。從前我做學生時有一個叫百合的女友，家裡開的是泡菜店，當然至今已是老太婆一個，但好的女人不會老。

現在這個季節，新米登場了，抱幾公斤新潟南魚沼米回香港，或者山形縣的「豔姬」也不錯，託人帶實在太重，過意不去。

最好吃的還有柿乾，各式各樣的都有，喜歡的是軟熟無比的，那些一串串掛著來賣的也不錯，一個個剝來吃。

早上下粥的明太子也是我所好，一般的鹹得要死，到百貨公司買最上等的也要不了幾個錢，不能對不起自己去吃劣貨。

來回經東京，當然又得到我喜歡的手杖店——位於銀座的「TAKAGEN」，看看有沒有新的可以收藏。當今家裡已有很多手杖，見到有品味的，還是非買不可。

近年來都是和大伙一起去吃東西，所謂最高境界的日本料理還是天婦羅，常去的店有「一宝」，但私人旅行的話，我懷念以前經常去的「佐加和」（Sagawa），就在築地一角，小小的餐廳只能坐八個人。朋友說看近來網路上的食評，沒什麼星級，但我不是為星級去，看重的是食物的水準和與店主結交的感情。最早的三星廚子神田，我從前帶他來香港的銀座表演，交情不錯，就算沒有訂位，打個電話去，總可擠出一兩個位子，但也不想和別人去爭，還是老老實實去吃一頓關東煮好了。

這種最平民化的食物當今做得好的也沒幾家，銀座小巷裡的「御多幸」保存著最原始古老的味道，有生之年可多去。同樣在銀座的有最好的燒鳥店「鳥繁」，如果遇上十一月十五日至二月十五日的狩獵解禁期，還有野鴨、麻雀、山鳩和野雞可以烤來吃。別擔心會被吃得絕種，日本人很會維護生態，有剩餘時才讓人欣賞。當然，這家的咖哩飯也是一絕。

我不賽馬，可以吃馬肉。從一八九七年開到現在的「Mino家」有馬肉刺身，也有馬肉鋤燒，日本叫做「櫻花鍋」，因為帶脂肪的肉像櫻花一樣紅得可愛，去東京最老的江東區才能找到。

再過去一點有「駒形土鰍」，也是百年老店。當今已有許多人愛吃鰻魚，也可以順便吃鰻魚的「遠房親戚」土鰍，價賤無人養，都是野生的，肥肥胖胖，非常有另一番滋味。和雞蛋一起煮成的土鰍鍋，真想回味一下。

還想去找只手錶，星辰有許多產品在香港並不一定買得到。只有三毫米厚的光動能手錶，是世界上最薄的，一定準時，也不必換電池，但不便宜，要賣到四十三萬二千日元一隻。

天氣已漸冷，最好的取暖器是日本的石油爐，一點就熱，不必等待。上面還可以放一壺水，慢慢地沸了來沖茶。可惜航空公司的職員看到了，就不准當行李寄艙。其實又沒什麼可燃物，怕些什麼？舊的已用久了，得找找方法買一個新的。

再到福井吃蟹

恭賀新歲，照慣例到日本去，不知不覺，已持續了二十年。

這次是到久違的福井縣，當然是為了吃螃蟹。越前蟹是稀有品種，而福井的更是不出口到外縣去。東京只有一家店賣，為的是宣傳福井縣，政府津貼的「望洋樓」可以吃到，旁的皆非正品。

這種蟹能夠保持品質，也是因為嚴守休漁期，每年只在十二月、一月、二月這段時間解禁，又因海水逐漸暖化，產量越來越少，當今大的要賣到六七萬日元一隻了。

今年剛好趕上農曆正月在西曆一月，豪華點，一共吃兩餐全蟹宴，先在最好的望洋樓來一餐，翌日又在旅館中吃第二餐，沒有一個朋友說吃得不過癮了。

抵達大阪後，大家迫不及待地先到下榻的麗思卡爾頓酒店附近的「藤平」拉麵店，這已是友人們不成文的「儀式」。說好吃，其他好吃的拉麵大把，但眾人試過之後還是覺得這家的味道難忘，非來一碗不可。

休息過後，馳車到神戶。三田牛專門店「飛苑」當今已將神戶市中心三之宮的門市關閉，集中到遠一點的大本營，大眾化和高級化的餐飲齊全。入口處照樣掛著金庸先生的題字「飛苑牛肉靚到飛起」。店主蕨野說，很多中國客人聽了我的介紹來，見到這幅字，都紛紛拍照片留念。

牛肉一大塊一大塊烤得完美，讓大家任吃，不夠不停地加。店家也用各種方法改變口味，像添一大匙伊朗魚子醬，鋪大量黑松露和夾烏魚子等等。我們反而中意吃三田牛的舌頭，厚厚的一大片，吃完大呼「朕滿足也」。

走到隔壁去看平民化的食肆，同樣有三田牛的燒烤，一個人平均消費一萬日元，包括湯和飯。

飯後走過附近的藥房，本來想買口罩送人，但看到一大堆存貨，為了不多帶行李，又可以再逗留多日，就暫時不買了。

翌日一早乘一趟叫「雷鳥號」的火車，從大阪到福井，一小時四十五分鐘後就抵達，直接到望洋樓去。這裡的越前蟹都是店主包了船出海捕撈的，爪上釘著望洋樓專用的牌子，保證品質。

先有涼拌的魚子醬，再出螃蟹的各種吃法。當然有刺身，一蘸了醬油，肉便散開，像花一樣地開著。初吃時以為師傅的刀工厲害，後來才知是自然散發，鮮得不得了。吃刺身也只有這種福井蟹最安全。

接著便是全蟹一大隻一大隻地蒸出來，再由侍女用純熟的手法剝開。諸友把一大撮熟肉塞入口，那種鮮甜的味道，的確只有在福井這個地方才能嘗得到。最後更有蟹肉飯，兩大銅釜任吃，眾人已不會動了。

一面欣賞蟹肉，一面望著大海，「望洋樓」這張招牌名副其實。望洋樓也是日本最高級的餐廳，亦可入住，有望洋的溫泉。

人就是這樣，吃過望洋樓的蟹，對什麼「蟹將軍」之類的食肆已經沒有興趣。人是走不了回頭路的。

入住有一百三十年歷史的芳泉旅館別館「個止吹氣亭」，最大的房間當然有私家花園和露天風呂（日語中指浴池、澡堂），走進去會迷路的。我已和老闆娘及經理混得很熟，像回到家，他們也用這句話歡迎我。

第一晚中午已吃過螃蟹，我留著第二晚才又吃。當晚大師傅出盡法寶，什麼活烤鮑魚、生剖龍蝦等齊出，我推薦大家吃的是甘蝦刺身。到處都賣，有什麼出奇？福井的甘蝦大為不同，又不出縣，要吃只能來福井。分兩種，一種是一般的紅顏色，另一種則灰灰暗暗，一吃進口即知輸贏，那種甜味到底和別的不同。而且分量極多，怎麼吃也吃不完。

第二晚再吃蟹，最後大家都說可以打包就好了。

中午，旅館的老闆娘帶我去一家店吃鰻魚，這一家店沒有漢字的招牌，就叫「Unagiya」。鰻魚野生肥美，有機會不可錯過。

福井這個地方還有一顆寶石，那就是出產日本三大珍味之一的醬雲丹。雲丹就是海膽，這裡的只有乒乓球那麼大，味極濃，醃製成醬，一瓶要用上百個，故價甚貴。周作人在散文中提到念念不忘的，就是這種醬雲丹。店裡的新產品是製成海膽乾粒，來一碗新米白飯，撒上一些，已是天下美味。

回到大阪，大家購物去，才發現各藥房的口罩又被搶購一空，事情變得嚴重。

但我們有美食搭夠（用其他東西替代），跑去「一宝」的本店吃天婦羅。這家人知道我們來，特地從東京的店把大哥調過來給大家炸東西，吃完什麼病都不怕了。

重遊京都

眾人從大阪返港後，我到京都住了幾天。

下榻與大阪同系的麗思卡爾頓酒店，貪它在市中心的鴨川岸邊，出入方便。酒店設計得很新穎，帶有古風，和一般的美國連鎖旅館不同，舒服寧靜。

第一件事就是到附近的茶鋪「一保堂」，其於一七一七年創立，我在五十年前初來京都時，第一家前往的茶鋪就是這家。坐在長條柚木的櫃台前，櫃台上有個大鐵壺，日本人叫做「鐵瓶」，燒煮滾水，用竹勺子舀起，倒進一個叫「Yuzamashi」的冷卻容器，來沖泡玉露茶。

玉露是日本最高級、最清潔的茶葉，纖細得很，不能夠直沖熱水，只可用Yuzamashi來將水放涼至攝氏六十度左右。如果沒有此容器，那麼將水連續倒入三個空杯，也能得到同樣的溫度。

喝了一口，簡直是極美味的湯。從此上癮，一到京都，第一口茶非到此來喝不可，成為一種儀式。因為乾淨，茶葉可以不必沖洗，我常買回家用冷礦泉水來浸泡，更是另一種享受。

店裡掛著一幅字「萬壑松風供一啜」，是節錄宋朝釋智朋的詩：「瓦瓶破曉汲清冷，石鼎移來壞砌烹。萬壑松風供一啜，自籠雙袖水邊行。」一保堂用的都是中國味道的東西，包裝紙上印的是木版刻印的陸羽《茶經》，很有古風，我把它裝裱後掛在辦公室牆上。

喝完茶在附近散步，上蒼對我不薄，讓我誤打誤撞找到一家炸豬排店，沒有店名，招牌布帳簾上寫著一個大字「技」。走進去試吃，的確是靠廚技弄出來的美食，才兩千多日元，嚐到日本最好的豬排。若大家有緣遇到，可一試。

家裡的茶杯被助理打得七七八八，來京都之前請好友管家推薦了幾家陶瓷店，都去了也沒有找到我喜歡的，反而在高島屋找到一式五個的藍色杯子，愛不釋手，價錢也比古董便宜得多。

京都的寺廟從前去得多了，這回只到南禪寺去吃豆腐，懷舊一番。豆腐湯表面冷卻之後變成的腐竹，一張張撈起浸入醬汁中吃，再喝清酒，詩意十足。

接下來的數餐晚飯，都是吃懷石料理，有的舊式，有的新派，都沒有我最愛的「浜作」的好。浜作是第一家可在櫃台前吃的懷石料理店，非常創新，早年廚師怎樣做菜，都不讓客人看到的。可惜去的時候，這家店正在裝修，只有等它重開再前往。

這回吃的懷石料理，從價錢最便宜的「平八茶屋」開始。這是一家有四百多年歷史的食肆，作家夏目漱石常來，庭院幽靜，但料理平凡，可當成入門級的懷石。裡面有八間房供住宿。

中價的有「近又」，已經傳到第七代，店主叫鵜飼治二。此家店亦可住宿，食物應有盡有。說到懷石，食材一定要用最早上市的，現在是吃油菜花（Nanohana）的季節，百貨公司的食品部還看不到，這裡有得吃。

最貴的一家是「米村」，一共有十幾道菜，都是法國和日本混合的料理，什麼都有，但什麼印象都留不下，只知吃到一半已大叫老豬飽矣。

本來我是一個手杖狂，去到有手杖專門店的都市，第一件事就是去看看。京都有好幾家店，當然也去了，但發現貨品都似曾相識。我的手杖搜集已進入另一層次，那就是要買獨一無二的，只有請木刻家專為我製作，普通店的產品我已不感興趣了。

不如到古董店找找，也許有奇特的手杖。京都有條藝術街，在新門前通，逛了好幾家店，還是沒有找到滿意的，這次一枝也沒買到。

還是吃最實在。到了京都，不可不去山瑞（一種鱉，外形與甲魚相似）料理店「大市」，朋友經介紹去過之後都大讚，變成頭號粉絲。我五十年前吃過，至今不忘。

只有很普通的幾道菜。先來一杯湯，即大讚。跟著是幾小塊肉，也美味得出奇。再把剩下的湯煮成粥，打了雞蛋下去，雞蛋鮮紅，是特別培育的。一吃進口，連略焦的底部都想挖乾。侍女也知道會有這種情況發生，特別關照說千萬別把那個大土鍋弄壞，這已經是古董，一個煲用了幾十年。

幾十年和店齡相比不算什麼，這家店已開了三百四十多年，賣的是一成不變的那幾道簡單的料理。變的只是價錢，至今一客要兩千多塊港幣了。

駅弁

在日本旅行的另一種樂趣，別的國家沒有的，就是吃他們各地的火車站便當「駅弁」（Ekiben）。這個詞由「駅」（Eki）和「弁當」（Bento）的「弁」二字合併而來，而「弁當」二字，大多數人以為是日本用語，其實是從中國的「便當」一詞演變而來。

從一八八五年起，日本的鐵路逐漸加長，人們才夠時間在火車中進食。最初是用白飯捏成糰，上面撒點黑芝麻，用竹皮包起來，名為「澤庵」的簡單盒飯，發展到後來的「幕之內」，飯盒已是分為兩層的木製方盒子。下面那層裝白飯，保留著撒黑芝麻的傳統；上面那層的食材就豐富了許多，裡面有一塊燒魚，一塊魚板，一塊甜蛋，一粒大酸梅，兩片蓮藕，兩片醃蘿蔔乾，一撮黑海草加甜黃豆，四五粒大蠶豆，一小撮鹹魚卵。鹹魚卵最為名貴，可以殺飯。

配著盒飯的是一小壺清茶，昔時日本人不惜工本地用陶瓷器皿裝茶，用完即棄，豪華得很。那時代不覺珍貴，現在都用塑膠的，才覺之前的名貴，可當古董來賣了。

日本人很容易養成吃便當的習慣，那是因為他們對冷菜冷飯不抗拒，我們就嫌不熱不好吃了。但在日本旅行多了，也就慢慢接受，也喜歡上多元化的駅弁。每個地方的駅弁都有特別的內容，吃久了就會愛上這種旅行中的快樂，一面看風景，一面慢慢地進食，變成一種專去尋找的情趣，久不食之，便會想念的。

從前的火車停留時間長，乘客甚至可以下車去向服務員購買駅弁。隨著新幹線的發達，火車已經不可能有時間停留，駅弁只能在便利商店或者專賣店中找到。大站如東京、大阪的駅弁專門店，駅弁簡直是千變萬化，什麼食材都齊全，我旅行時一買就十幾個，一樣樣慢慢欣賞。

當今在香港，什麼日本食物都有，我早就說有一天飯糰專門店會出現，繁忙又要節省的白領們會買幾個來充飢。朋友們都說他們吃不慣，但現在已有很多這種店鋪。我又預言將會有駅弁專門店，昨天到上環，已看見了一家。

日本人早在一八七二年，即明治五年便開始在新橋到橫濱的鐵道沿線賣駅弁，發展下來。日本人做的中華料理便當很受歡迎，尤其是燒賣，很多大集團如「東華軒」、「東海軒」、「崎陽軒」賣的最受歡迎。他們的日式燒賣肉少粉多，又加大量蒜蓉，有種特別的味道。最初我們都覺得怪，習慣了也會特地去找那種「假中華」的燒賣。

也不是只有中國人吃駅弁上癮，法國人也一早就愛上。二〇一六年，日本鐵道公司老遠跑到巴黎和里昂之間的車站去開駅弁屋，生意興隆。

為了與眾不同，形形種種的包裝盒跟著出現，新幹線車站賣的有火車形的飯盒。群馬縣達摩寺附近的高崎站的最精美，整個飯盒用瓷土燒出一個達摩，買來吃的人多數不肯扔掉，拎回家當紀念品。

使用最多的是一個日式的炊飯陶缽，上面有個像木屐的蓋子，稱為「釜飯」。一九八七年，日本人發明了在外盒裝生石灰的飯盒，把線一拉，水滲入，起化學作用，產生蒸汽加熱駅弁。當今也可以在淡路島到神戶之間的車站買到這種駅弁，飯的上面鋪著海鰻魚，味道還真不錯呢。

曾經日本物資短缺，人們盡量節省，生產了魷魚飯。盒內裝了兩至三隻魷魚，裡面塞滿了飯，用甜醬油煮成，在函館本線森駅販賣，已成了當地著名產品，凡有駅弁展覽會，一定看得到。日本人嗜甜，魷魚飯極受歡迎。如果不想去那麼遠，在東京站的伊勢丹百貨公司也能買到。

當地生產什麼，就有什麼駅弁出現，食材豐富，售價就可以便宜，吸引很多外地來的遊客。在東京站到山形縣的新莊站之間，有種米沢牛駅弁，別的地方的牛肉少，這裡的蓋滿整個便當，分肉片和肉碎，用祕製的甜醬來煮。另有一個格子中裝著雞蛋、魚板、昆布、泡菜和薑片。駅弁大賣，當地也開了一家飲食店，叫「新杵屋」，用的是新開發的米，米粒特大，很多人專程來吃。因為需要保鮮，用刺身來做食材的駅弁不多，但在東京和伊豆之間的「踊子號」中賣一種叫「Aji Bento」的駅弁，那是用鯵科的竹筴魚做的。先將竹筴魚片開，用鉗子仔細地取出中間的幼骨，再用醋浸保鮮，鋪滿飯上。吃不慣的人會覺得怪怪酸酸的，又帶腥味，喜歡的人則喜歡。

到了北海道，當然有海鮮弁當，其中螃蟹肉的居多，鮭魚卵的也不少。但最豪華的應該是三陸鐵道沿線賣的海膽弁當，用特大的海膽五六個，蒸熟後鋪滿飯上。賣得也不貴，一盒才一千四百七十日元，多年不漲價。可惜產量不多，一天只做二十盒。

所有的駅弁盒上，一定貼有一張貼紙，說明產品和製造者的資料。須嚴密控制的是食用期，在常溫之下，出廠後可以保存十四個小時。

日本文人也愛旅行，作品中多提到他們愛吃的駅弁。夏目漱石喜歡的是小鯰魚用醬油和糖煮，加一大片雞蛋，一塊魚板，幾片蓮藕，一片紅蘿蔔，幾顆甜豆，叫「三四郎御弁當」，可惜在二〇一四年已停產。喜歡看太宰治作品的人到了津輕，可以試試太宰弁當，當今還能買得到。

錢湯

日子容易過了，大家都到日本觀光，住酒店，不會到公共澡堂沖涼。我去日本時是個窮學生，租的房子有個洗手間，已算是高級，一般的連廁所都沒有，要洗澡，只有去「錢湯」。

錢湯早年到處都有，當今已罕見了，但想感受在日本生活的情懷，總得找個機會到錢湯去浸一浸。

別誤會，這絕對不是什麼溫泉。錢湯的建築從遠處就可見到，因為它有個高煙囪，熱水都是燒出來的，不含什麼礦物質。不過當年的日本人，用的都是地下水，可以直接飲用，非常乾淨。

我住過的地方叫大久保，要洗澡時，可去車站附近的錢湯，或走路到東中野，也有一家。夏天當是散步，穿著浴衣上街，被涼風一吹的感覺不錯。到了天冷時，就得披上厚衣服，瑟瑟縮縮地快步衝進浴室了。

通常拿著一個籃子或一個自家用的塑膠水桶，裡面裝有肥皂、大小毛巾、剃刀之類的。那時是洗頭水還是奢侈品的年代，都只用肥皂。

錢湯入口處的屋頂有一定的形狀，那是一種叫「唐破風」的建築樣式，屋頂中央凸起，兩側向下彎，呈弓形。這種建築樣式在唐朝很盛行，到了宋代就沒落了。日本還一直保留著，在很多建築物中能夠見到。

把木屐除下走進去，先付個二十日元。旁邊有一排一格格的小櫃子，鎖匙是用木塊做的，一按門就開了，把衣服和貴重東西放在裡面，脫光拿著塑膠桶走進浴池。

入口當然分男女，男的叫男湯，女的叫女湯。日本所有熱水都叫湯，其實這是中國古字。中間用一大塊木板隔住，木板高處有一個叫「番台」的座位，那是給管理員坐的。管理員有男的，也有女的，日本人習以為常，也不覺得給異性看到有什麼不妥。一般坐在番台上的是錢湯的老闆或老闆娘。

入浴之前先得把身體洗淨，錢湯裡有一排排的水喉（水龍頭），前面有面鏡子。用不慣蓮蓬頭的老日本人，先擰龍頭，調好冷熱後把水往身上倒。

在這之前先把帶去的肥皂往毛巾上塗，然後用毛巾來擦身體。大人小孩一起去錢湯，大人擦不到背部，就叫孩子代勞。這種風俗很溫馨，可以減少兩代人之間的隔閡。這是日本文化的好處。

肥皂擦完就拚命用水往身上沖去，那不是惜水的年代，沒什麼環不環保的。沖個乾乾淨淨後才能走進池子浸，是名副其實的「泡湯」，當今台灣人還是這麼叫的。

池子牆上，多數是用小石砌成的圖案，一般都是富士山風景。沒錢砌小石子的，就請人在石牆上作畫，也是富士山。池子分冷水的和熱水的，年輕人膽大，去泡冰水，上年紀的就不敢了，直接泡熱湯。

因擔心熱氣直通上頭，日本人入浴時喜歡把小毛巾浸在冷水中，擰個半乾，放在頭上，在池中浸個老半天也不出來。外國人不習慣，一下子就熱到昏頭昏腦。

如嫌累贅，不想帶那麼多東西入浴的話，可向番台買一套用品，裡面有小毛巾、肥皂和一小袋洗頭水。坐在番台上的老闆或老闆娘的另外一個任務，是和浸浴的客人打交道，說說家常，因為都是熟客。

舊時的錢湯只隔一板，男女雙方說話可彼此聽到，對方在聊隱私時，就會開口大罵。有時忘記帶肥皂，便叫丈夫或太太丟過來。扔不準，便打到別人頭上。

出了一身汗，從池子裡爬出來後，第一個想到的就是喝一杯冰冷的啤酒，這也解釋了為什麼啤酒在日本特別流行。夏天太熱了，大叫口渴死了，冬天又叫乾死了，任何時候，都要來一口啤酒。

入喉時會聽到「沙」的一聲，很奇特的感覺，這種樂趣是泡湯後最高的享受。

不可以喝酒的小孩子，浸完也特別口乾，這時他們會投入錢幣買一瓶冰凍的牛奶。我覺得紙包裝的不好喝，一定要玻璃瓶的「明治」或「森永」，各個地區也有當地的，有「大山」、「北川」等等。

牛奶分純牛奶、咖啡牛奶和果汁牛奶，以攝氏六十五度、三十分鐘的低溫殺菌，故能保持牛奶的香味，特別好喝。可以喝個不停，一瓶又一瓶，喝到拉肚子為止。

無論怎麼浸，身體還是有些地方洗不到，這時不去錢湯，而到「人間船埠」（Ningen Dock）去。那裡面有一群大肥婆，用毛巾或刷子拚命地搓掉你身上的老泥，老泥一條條落到地上，她們還要指給你看才過癮。這些人間船埠從前在築地或東京車站都有，當今已經不見蹤跡了。

如果你對錢湯有興趣的話，現存的東京台東區有「燕湯」，大田有「明神湯」，都北區有「稻荷湯」，在你入宿的酒店禮賓部問一問，就知道地址，不妨一試。

又來首爾

想吃真正的韓國菜，想瘋了。

有伴最好，上一次本來和一群友人約好去首爾的，後來他們家裡有事，取消了。沒有辦法，只有到尖沙咀的「小韓國」大吃一番，但哪裡過癮？

前幾天和幾個老搭檔打了十六張麻將，聽他們說要去日本福岡縣吃牛舌頭，我建議說：「韓國也有呀，不如大家去韓國！」

一聽到韓國，一般人的反應都是：「除了泡菜和烤肉以外，還有什麼東西？」

「錯！」我慷慨激昂地說，「當今什麼都有，韓牛的舌頭，不差過日本的，而且最近的信用卡中有個很便宜的套餐！」

聽到便宜，女性們抗拒不了，但問：「有多便宜？」

「去五天，包一流酒店，一萬二港幣。」

「什麼飛機？什麼酒店？」

「乘國泰的航班，早機出發，下午機返港，而且是商務艙，住韓國最好的新羅酒店。」

眾人屈指一算，即刻成團。我們一共五人，說好吃完東西購物，其他什麼地方都不去，吃完晚飯，回房間打一兩圈麻將。

第一晚吃的烤牛舌果然不錯，大家都很高興。睡了一夜，翌日早起。酒店是包早餐的，新羅的自助餐食物都很高級，而且選擇多，中西餐什麼都有，中餐部分還有四位大師傅負責，兩個來自內地，兩個來自馬來西亞，都很正宗。但我選的是「韓定食」。

一個大盤子中裝有一大片烤銀鱈魚，一大堆沙拉，好幾片紫菜，一碗小燉蛋、醬魚腸、醬桔梗、醃萵苣、泡菜和水果。湯有兩種選擇，魚湯或牛肉湯，加一大碗白飯，韓國米不遜日本米。最厲害的是那一小碟辣椒醬，酒店特製的，別的地方買不到，辣椒粉磨得極細，初試一點也不辣，吃出香味後才感覺到辣。

飯飽，眾人到附近的新世紀百貨公司，一共有三棟建築，貨物各不同，看你要買什麼，選對了才好去。

到中飯時間了，這一餐錯不了，是想食已久的「大瓦房」醬油螃蟹。這家店經我推薦後，香港客人特別多，近來內地客也不少。

當然先來一大碟螃蟹，看到那黃澄澄的膏，就抗拒不了。店開了近百年，東西雖然是生醃的，但從來沒有讓客人吃出毛病，而且你吃了會發現，這裡的蟹不死鹹。吃完膏和蟹肉，把白飯放進蟹殼中，撈一撈再吃。這是韓國人的吃法，你學會那麼吃，他們會讚賞的。

除了醬油螃蟹，還可以吃辣醬生醃蟹，更是刺激到極點。其他的有醃魔鬼魚、紅燒牛肉等等道地的食物，一定讓你滿意地回。

再下來的幾天都吃得好，之前介紹過的，像新羅酒店頂樓的「羅宴」等，就不重複推薦給大家。新找到的餐廳有兩家，一家叫「又來屋」，也是舊式的老餐廳，有龜背鍋烤肉。當今都是仿日式的爐子，這類古老烤肉店已難尋。除了烤肉，還叫了牛肉刺身。別怕，沒事的，我已吃了幾十年，味調得極好。

友人還是懷念牛舌頭，那麼一大早把他們喊出來，去一家專賣牛雜的店，叫「里門」，也是老字號。很奇怪，各地解酒的妙方，都是用內臟，韓國的湯煮得雪白，叫「雪濃湯」，煮了一夜，什麼調味品不加，桌上有京蔥和鹽，依自己喜好放進去。另上一大碟牛舌。地址忘了，問酒店的禮賓部就能找到。

到韓國還有一種樂趣，那就是去理髮院剃鬍子和按摩，沒有色情成分，女生也可以去。那種服務，是世界上其他地方找不到的，包你被按得全身舒服才走出來。新羅酒店有那麼僅存的一家店，這次去，已改成英國式的高級理髮店，一點味道也沒有。

問來問去，得不到答案，後來遇到了韓國電影監製吳貞萬，拍過《醜聞》等片，做製作工作的無人不曉，結果問她首爾哪裡還有古式理髮店，她回答說首爾已找不到，要到一個叫「提川」的鄉下，今年七八月份有個影展，到時可以帶我們去，東西又比首爾的好吃得多。聽了，抗拒不了，又得去一趟韓國了。

東方快車

受好友廖先生夫婦邀請，我又去了一趟「新馬泰」（新加坡、馬來西亞、泰國）。這回乘的是火車。早年旅行家們形容漫長的航海為「開往中國的慢船」（Slow Boat to China），比較當今高鐵的速度，這次乘的火車可以說是「開往東方的慢車」了，我們一共坐了三天三夜，從曼谷到新加坡。

乘坐的當然是豪華的亞洲東方快車（Eastern & Oriental Express）。我們都受阿嘉莎·克莉絲蒂（Agatha Christie）的偵探小說影響，一說到東方快車，滿腦子都是掛滿水晶燈的車廂、穿著晚禮服的風流人物、浪漫的古典音樂。

東方快車當然已失去昔日的光彩，但在今天乘坐也算是一段非常舒適和難得的旅程，沒經歷過的旅者都可一試。

這已是我第二次乘坐，第一次是陪伴查先生夫婦，反方向從新加坡到曼谷，那已是一九九三年的事。剛好友人送了我一瓶同年入樽的格蘭花格（Glenfarclas）威士忌，一路慢慢喝，它帶著雪利木桶的濃厚香味，比火車上供應的免費雞尾酒好得多。

有什麼不同呢？已找不到當年穿著馬來傳統服裝的少女，代之的是服務周到的泰國火車少爺。火車照樣緩慢開動，因為車軌一直以來都沒有更換，相當窄小，所以晃動起來劇烈，開動和停止時發出碰接的巨響，也是非常惱人。

停下來時，我們特別請火車職員安排了一個燒菜的課程，教的有兩道菜：冬陰功和辣肉碎。下車後先由導遊帶我們到當地的市場走一圈。

我最喜歡吃的是肉碎撈麵，找到一家最傳統的，連吞三碗。又是汽水，又是炸豬皮，又是甜品，加司機和導遊，我們大吃特吃，也不過兩百港幣。

吃完到岸邊上船，是艘拖駁艇，平底的，航行時穩如平地。由當地名廚教我們怎麼用椰漿、蝦湯、南薑、香茅、咖哩葉、草菇、魚露、芫荽和辣椒粉煮成一鍋湯。冬陰功的「功」字，是蝦的意思，一看大廚用的是海蝦，已知不對。

海蝦的膏比不上河蝦的多，煮出來的湯沒有那種誘人的又黃又紅的顏色，雖然用辣椒油來取色，也不夠紅。而且很多大廚永遠搞不懂的是，椰漿一滾，椰油的異味就會跑出來。我再三指出，但都被他們敷衍了事。唉，算了！

繼續上路，第二個可以停下來看的是馬來西亞的橡膠樹，當今這種工業已沒落，但看女士們怎麼割取乳白膠液，對遊客們來說還是有趣的。

在車上的時間，可做足底按摩，還有相命師解答疑難。餐車有兩卡（車廂），一卡高級，一卡平民化，可以輪流來吃，這是高鐵做不到的。

食物更不是高鐵上的可比，基本上是西餐，但有時也供應叻沙之類的當地食物。早餐更是送上房來，雞蛋怎麼做都完美。廖太太是位牛油狂，我本來不太喜歡吃麵包的，也受她影響，在麵包上一大塊一大塊地塗牛油，撒上鹽，主食還沒上已吃個半飽。

這次入住的房間和上一回一樣，是一節車廂只有兩間的總統套房，名字好聽，但也不寬敞，浴室只有蓮蓬頭，車子停下來時沖涼較穩。在車上遇到幾位肥胖的外國人，如果他們能擠得進去，就不怕搖晃了。

火車從曼谷中央車站出發，客人們都早到了，沒事做待在休息站乾等。建議大家勇敢一點，走到普通火車的候車大堂，就可以買到大量的腰果、開心果、鱿魚乾等零食，一大堆捧到車廂，可以解悶。

火車慢慢開出，哐噹哐噹作響，左左右右搖動。吃了晚餐特別容易入睡，發現火車不動了，原來是停了下來，讓客人安眠。

火車又發出巨響，已聞到早餐香味。過了不久，到達第一站，就是桂河大橋站。這裡對英國兵來說不是很光彩的史跡，當今當然一點戰爭痕跡都沒有了，代之的是一個避暑勝地，十二月初，這裡涼風陣陣，根本不像置身南洋。

這次才知桂河的「桂」字，原來在泰語中是「河」的意思，照土語來念，變成了「河河」。

最後一節車廂是開放的，可以吸菸和吹風。日落、日出沒什麼看頭，不像在郵輪上那麼過癮。

酒吧裡有位上了年紀的歌手，有時打扮成艾爾頓．強（Elton John）的樣子，穿得花花綠綠，用鋼琴彈出各種樂曲，看什麼人彈什麼歌。

乘原有的東方快車，尤其是冬天時雪茫茫，一路有城堡、酒莊的風景。但乘這趟東方快車，最初看到橡膠樹時，大家還會拿起手機拍風景，經過河流時，小孩子會跳下嬉水，連續幾天還是那些東西，大家便躲進酒吧去了。

終於，到了新加坡。火車站這塊地方屬於馬來西亞，沒什麼發展，和數十年前一樣。前來迎接的車子已停好，廖先生、廖太太迫不及待地跳上去，趕著到「發記」去吃蒸鯧魚，還有他們念念不忘的甜品，那是豬肉蒸芋泥的失傳潮州名餚。

大吃特吃，我在新加坡停了兩天，拜祭父母，到了第三天，又飛回吉隆玻。在那裡，我要為二〇二〇年的書法展看場地和做準備了。

泰國手標紅茶

我在泰國生活的那段日子，雖然也帶了普洱去沖泡，但是在外不便，喝得最多的還是泰國手標的本地紅茶，一喝上癮，喝個不停。

通常是向小販買的，泰國小販像螞蟻，每到一處，一歇下來，就有各種小販攤出現。小吃的種類無數，喝的就在咖啡攤賣。所謂咖啡攤，喝咖啡的人不多，主要是賣茶。一種商品賣得好時，通常便會出現抄襲的，像可口可樂之後出現百事可樂，只有泰國手標紅茶，打遍天下無敵手，一帆風順地出售。

到底是什麼茶？像錫蘭紅茶嗎？不，不，不，一點也不像。說到顏色，也的確紅，而且紅得厲害，味道不接近任何飲品，是獨一無二的。

好喝嗎？第一次喝，加大量煉乳的話，還可以喝下，只是味道出奇地怪。要是不加糖的話，有些人可能一喝就吐出來。

總之，個性強烈，只有喜歡或不喜歡，沒有中間路線，令人愛上的，也是這種獨一無二的味道。

顏色紅得近乎不天然，包裝上的介紹，都只強調零卡路里、零蛋白質、零飽和脂肪酸、零碳水化合物，什麼都是零，但到底有什麼原料，只有看不懂的泰文。那麼香，哪裡來？那麼令人上癮，會不會含罌粟？管他什麼物質，只要好喝就是，泰國人天天喝，也沒出毛病，我們偶爾飲之，又如何？

小販們通常推著一輛小木車，車上有個鋁質的大圓桶，頂上有幾個洞，裡面煲著滾水。用根鐵勺子，把滾水舀出沖進布包，布包中加茶葉，濃茶即沖出。很少人像我那麼清喝的，都是下大量煉乳，不甜死你不必給錢。

有時，我還看到小販們把沖完的茶渣扔入大水桶中，水桶下面生火，煲完又煲，不濃也變濃，越濃越好喝，直到上癮。

有些人會停下來，在小販車旁邊慢慢喝，但大多數是拿了走，一面上路一面慢飲。用什麼裝著呢？當然沒有當今星巴克那種包裝，通常是用一個裝煉乳的罐頭空罐，蓋子打開了，在蓋的中間鑽一個洞，用一條稻草穿過，打個結頂住，就是一個原始又完美的廢物循環容器。

後來慢慢進步，年輕小販更不會用稻草，就發明了一個塑膠的套，套住鐵罐，兩邊有耳朵，可以手提。更進步時，罐也是塑膠，袋也是塑膠，吸管也是塑膠，整個海洋都是塑膠了。

一喝上癮，想買回去當手信（紀念品），或自己在家沖泡時，可買他們的罐裝的。最早是一大鐵罐裝著，至少有五公斤重，後來慢慢改為罪魁禍首的塑膠，變成四百克裝。更有方形罐裝的，裡面一包包網裝，泡起來方便。大鐵罐的好像永遠喝不完，改小後，裡面有根塑膠的匙子，一勺一次，分量恰好。

一開始我就預言，那麼美味的飲品，一定會在東南亞以外的地方流行起來。當今有那勢頭，不只華人喜歡，連老外也喝上了癮，賣得滿街都是。

香港人後知後覺，要喝手標紅茶，只有去九龍城的泰國店才能找到，而且不是每一家都有。看到台灣的什麼珍珠奶茶紅遍天下，泰國人也自設了手標紅茶專門店，現在你到泰國的每一個大型商場，都能找到一家分店。

商標大大地寫著「ChaTraMue」，賣茶拿鐵、抹茶刨冰、玫瑰奶茶，更有各種軟雪糕。說到雪糕，手標紅茶雪糕奶味十足，又軟又滑。

手標紅茶始於一九二〇年，由一個華僑始創，到了一九四五年，這家人將其發揚光大，在曼谷的唐人街正式建立公司。剛開始時不是獨沽一味賣泰茶，也由中國進口烏龍、綠茶和鐵觀音等等茶葉，但天氣熱的泰國不適宜只喝中國茶葉，便開始在清萊種植售賣這些有茶味，並可以加糖、加奶、加冰的獨特紅茶了。

我們自己沖泡時，要用什麼煉乳才好呢？當然是用原汁原味的「烏鶩」牌（UCHIOU）煉乳了。

在二〇一七年二月，這家人開始推玫瑰花茶、荔枝玫瑰花茶和蜂蜜玫瑰花茶，加了大量的冰，用最多的糖泡製，裝入塑膠杯中，杯耳上面印有「Happy Valentine's Day」的字眼，超級浪漫。

現在都會幾句泰語，到了那邊叫起來較為方便。比如「Chaa Nom Yen」（茶濃煙），就是「冰奶茶」的意思，把字拆開，「Chaa」當然是「茶」的意思，「Nom」就是「牛奶」，而「Yen」就是「冰」了。

如果想在香港購買，可到「昌泰食品」去。

單獨旅行

劉健威（「留家廚房」創始人）在社交平台上說，瘟疫令他不能旅行，悶得發慌。我想不少香港人也有同感，我自己當然也希望早日出門。去哪裡呢？他說去日本，我也想過，不過去之前我還是先到馬來西亞。

答應過那邊的讀者要去搞書法展的，以為趁著榴槤當造的季節可以吃個飽，但時令已接近尾聲，即使馬上出發，也沒剩下多少。不過不要緊，當今種植技術越來越進步，一定可以找到一些來吃，等書法展能開得成時，再大吃一餐吧。

就算一個也吃不到，還有福建炒麵、河魚、沙嗲及肉骨茶，這趟行程不會讓人失望。約上幾位朋友，等疫情一穩定，馬上飛去。

我還想去幾個地方，其中之一是普吉島。為什麼要選它？皆因我有一位老同事謝國昌，本來已經移民愛爾蘭了，最近被他的朋友請到那邊去，在島上賣度假屋。他已經去了好幾個月，把一切都搞得很熟，由他帶路一定錯不了。

先講按摩吧。曼谷、清邁都有，何必跑到普吉島去？其實按摩這回事哪裡最好，完全說不定的，熟了就好，有當地人安排，就錯不了！由友人推薦幾個當地較好的按摩院，天天做，從早上做到晚上，飯也在按摩院裡面吃，或叫外賣，總之不出來就是。

普吉島上有許多好酒店，安縵酒店也是由那邊開始發展的，可以去住他們最早的那家。至於吃的方面，當今我已經沒有年輕時那麼奄尖（挑剔、要求高），在那邊吃泰國菜，總會正宗過九龍城泰國餐廳的吧？

我最近想吃泰國的乾撈麵，想得快發瘋，這回一定要吃個夠本，一天三餐吃同樣的，也不厭倦。

陽光沙灘不去也罷。我小時候到過的沙灘，鋪著那種白沙，踏上去像走在地毯上，當今幾乎絕跡，再也找不回來了。去游泳池中泡泡算了。

還是談吃吧。他們的青木瓜沙拉（Som Tam），要加一隻蟛蜞才算正宗，當今大家害怕，已不敢下蟛蜞，味道盡失。還有那好吃得要命的紫色醬，用來蘸魚，百食不厭，在別處已經吃不到，因為不加那隻桂花蟬了。一不加，就好像沒有了靈魂，那種蟬味，不試過永遠無法了解它的美妙。

聽謝國昌說島上還有多家唐人餐廳，他們做的烤乳豬不會走樣，皮比餅乾還要脆，一個人吃一隻，那才叫過癮。

還是多來些潮州小吃吧。潮州人做魚生，是用脆肉鯇魚。一條魚用刀切成兩大片，掛起來風乾，肉更入味，再快刀把肉片薄。如果有小刺沒有清除，也可以連骨切斷，不會刺喉。

魚生配上中國芹菜、老菜脯絲、新鮮蘿蔔絲等等，淋上梅醬，真是令人絕倒。也許有人還是害怕，但到了泰國，一切食材按照古法處理，包管沒事，吃了不會拉肚子的。

到菜市場走一圈，買鯰魚的魚子，一顆顆有如青豆那麼大，吃進嘴裡一咬，「噗」的一聲爆開，那種鮮美無法用文字形容。

想起泰國還有一種菌類，魚蛋那麼大，埋在土中，要熟練的當地人才能找到，比什麼黑松露、白松露更香。據說近年來沒有人會吃，也少了人去尋找，如果我能去得成，一定要預先請專家挖好，到時享用一番。

炸豬皮是隨街都有了，即刻炸的比炸好了擺久的香脆百倍。就那麼吃也許太過單調，那邊的人和糯米飯一起吃，但糯米飯太過飽肚，還是免了。要吃飯的話就來幾條竹筒飯，請小販烤久一點，片開竹筒後裡面還有飯焦（鍋巴）的最美味。

街邊還有賣生豬肉的，別人一聽就跑開，我卻最愛吃。那是把肉和皮切碎了，用米醋來殺菌，之後做成香腸，裡面還藏有一顆「深水炸彈」，那是小指天椒，辣得什麼細菌都能殺死。我總是老話一句，只要當地人吃了沒事，我也沒事。我的胃和他們的一樣，是鐵打的。

有一種東西在當地已經沒有了，那就是土產威士忌，一定要是湄公牌的才好喝。這家廠商已經停產，我家還有幾瓶大的，帶一瓶到普吉島去。

用青椰水勾湄公牌威士忌，是我發明的雞尾酒。其他威士忌要喝老的，湄公牌的是喝新出廠的，越新越好，勾起帶甜的青椰水，我命名為「湄公河少女」，是天下最美味的雞尾酒。

下酒的有炸蚱蜢、炸螞蟻蛋等，比什麼花生、爆米花還要好百倍。像我這種吃法，已經沒人敢奉陪，到時還是獨自出發吧！

去哪裡？

喜歡到處旅行的香港人，今後會到哪裡去？

首選當然是日本，但去了要被隔離十四日。去日本玩個五天最舒服，十天也無妨，但讓你躲在一個房間內兩星期，一定悶出病來。

而且日本一切都貴，這段隔離的日子又吃又住，需要一大筆花銷，一般旅客很難付得起。我本來可以用新加坡護照入境，到福井的「芳泉」或新潟的「華鳳」享受螃蟹和米飯，要不然在岡山的鄉下旅館「八景」長住，浸浸溫泉，寫寫稿，日子很快就會過去。但是你不怕，人家怕你，又何必讓人麻煩呢？

我最喜歡的歐洲國家是義大利，那裡有享受不盡的美食，價錢便宜得不得了。但當今義大利疫情厲害過我們這裡，兼鎖國，還是免了。

瑞士最乾淨，也限制入境了，否則去住上一兩個星期，每天吃芝士火鍋。其他的什麼都不好吃，一碟垃圾般的炒麵也要賣三四百塊港幣，何必呢。

最近的還是台灣，飛一個多鐘頭就到了，但台灣老早就實行嚴格限制，我本來想去吃切仔麵，當今只有作罷。

去新加坡吧，目前也限制入境了。想起出現「SARS」那年，岳華和苗可秀要去拍戲，也被禁止外出，躲在公寓中天天向當局報告行蹤，差點悶死。我剛巧護照到期，要去換一換，入境局職員聽說我是香港來的，忽然嚇得像卡通人物一般彈起，亂蓋一個印，叫我馬上走開。回到家後，和弟弟兩人找了一張麻將桌子和一副牌，找岳華和苗可秀，四人打了個昏天黑地，他們的日子才過得了。

還可以去哪裡？泰國曼谷之前宣布允許入境，但後來又說要隔離，反反覆覆，現在誰敢去？

對我來說，目前最想去的還是馬來西亞，之前他們的政府宣布那裡是最安全的，隨時歡迎遊客走一趟。若去玩一兩個星期，天天吃榴槤，高興得很。

昨晚才和葉一南談起，原來他也是個榴槤癡。他問現在是不是季節，去了有沒有得吃。哈哈，自從內地人愛上貓山王，泰國的金枕頭已無法滿足他們，貓山王的需求量大大增加，馬來西亞也大量種植，接枝又改種，現在變成任何時間都有供應了。

我早就一直推廣貓山王和黑刺，又到過多處榴槤園，並和園主打過交道，我向葉一南說，跟我去，一定錯不了。

在馬來西亞吃榴槤不只是追求味道，還要求環境舒適。我知道有個風景幽美的山莊，在青山綠水間，還有乾淨的小屋，可以住上一兩天。

在那裡專選動物吃過的果實。動物最聰明，不美不食，咬過了一邊，剩下另一邊的，是完美的榴槤，什麼品種的都有。最過癮的是，地點在山上，天氣像秋季多過夏季。更厲害的是，一隻蚊子也沒有。

吉隆玻附近的吃完，再去檳城吃，那裡除了榴槤，還有好吃得要命的炒粿條。粿條就是河粉，檳城的下雞蛋、鴨蛋去炒，還添臘腸片、魚板片和小粒的鮮蠔，最後加血蚶，不只一兩粒，一下一大把，配料多過粿條，過癮至極。

在馬來西亞旅行的好處，就是各地都可以乘汽車去，兩三個小時就能到有美食的城市。在公路上行駛，遇季候風帶來的巨雨，忽然天昏地暗，雨點像廣東人說的「倒水咁倒」（像倒水一般），真是傾盆而下，相信經歷過的香港人不多。

從檳城到怡保也只要兩個小時，那裡水質奇佳，種出的豆芽肥肥胖胖，不試過不知道有多麼美味。做出來的河粉也細膩無比，更有充滿膏的大頭蝦，可以用湯匙來吃，甜美至極。

要是住悶了，飛一個多小時就可以到越南和緬甸。在馬來西亞的確是方便到周圍走走，最要命的是，一切都那麼便宜，便宜到你不敢相信。

有時間的話，再從吉隆玻到巴生港去，坐車一下子就到，去吃最正宗的肉骨茶。那裡一個小鎮就有百多家店賣肉骨茶，老祖宗傳下的名店「德地」有七十多年歷史，一走進去就看到肉骨茶一大鍋一大鍋地擺著，鍋內一塊塊三四條肋骨的排骨像金字塔般疊著，熬出濃郁的湯來，吃過一次就沒有辦法回頭。

行文至此，消息傳來，馬來西亞也成疫區，香港更是封城，什麼地方也不必去了。要隔離的話，還是留在香港好，至少要吃什麼有什麼。

高寶書版集團
gobooks.com.tw

高寶文學 084

過好這一生

作　　者　蔡瀾
責任編輯　林子鈺
封面設計　林政嘉
排　　版　趙小芳
企　　劃　何嘉雯

發 行 人　朱凱蕾
出　　版　英屬維京群島商高寶國際有限公司台灣分公司
　　　　　Global Group Holdings, Ltd.
地　　址　台北市內湖區洲子街88號3樓
網　　址　gobooks.com.tw
電　　話　(02) 27992788
電　　郵　readers@gobooks.com.tw（讀者服務部）
　　　　　pr@gobooks.com.tw（公關諮詢部）
傳　　真　出版部　(02) 27990909　行銷部 (02) 27993088
郵政劃撥　19394552
戶　　名　英屬維京群島商高寶國際有限公司台灣分公司
發　　行　英屬維京群島商高寶國際有限公司台灣分公司
初版日期　2023年7月

Original title：過好這一生 By 蔡瀾
由中南博集天卷文化傳媒有限公司授權出版

國家圖書館出版品預行編目 (CIP) 資料

過好這一生 / 蔡瀾著．-- 初版．-- 臺北市：英屬維京群島商高寶國際有限公司臺灣分公司，2023.07
面；　公分．-- (高寶文學：084)

ISBN 978-986-506-741-0(平裝)

855　　112007812